I.T. 狗的瘋狂宇宙

I. T. DOG
IN THE MULTIVERSE OF MADNESS

肯尼夫 著

是真人真事改編？還是平行宇宙？ 作者 I.T. 狗肯尼夫穿梭 14000605 多元宇宙，
為大家帶來 58 個有血有淚的奇幻故事！
是真？是假？信不信由你！

火柴頭工作室
MATCH MEDIA Ltd.

目錄：

作者序言：

I.T. 狗的瘋狂宇宙

　　20 幾年前，科網股爆破，IT 人不再被重視，有謂「前生做壞事、今世搞 IT。」這班人受盡欺凌、踐踏，被冠以 IT 狗 的稱號，屬於職場食物鏈最底層。他們臥薪嘗膽，默默耕耘，正等待著一個機會，一個改變世界、甚至爆破宇宙的反身機會。有人不擇手段，有人掙扎求存，有人出賣靈魂。IT 狗的故事千奇百怪，卻發人深省。

矽谷貴婦狗

「女」仔設計程式比較細心，往往在細節上也注意得到，而且比較有耐性和客戶溝通。」Laura 的前老闆在電視節目中支持性別平等，甚至大讚女 IT 同事非常能幹。Laura 嗤之以鼻，她清楚記得在這科技公司的一點一滴，不只工資待遇比不上男同事，晉升及外出發展的機會幾近渺茫。

　　Laura 工作三年後決定離職並加入友人的創業團隊，成為公司的共同創辦人；她立志要由這創業公司起為女 IT 人謀福利，並聘請了數位女同事加入。這初創團隊不負眾望，短短一年已做出了成績，並拿到了首輪融資，更準備衝出香港到美國發展。

　　「我們做 IT 的，有機會就要去矽谷發展，與最頂尖的科技團隊交流。」Laura 鼓勵 Angela 為公司作先頭部隊去美國發展，並自掏腰包給她學習駕駛，Angela 唯唯諾諾，心裡卻暗喜。「她思想成熟，鬥心也強，一人能身兼多職。」Laura 成功游說拍檔把 Angela 送到美國為公司做開荒牛。

　　「三個月找到緊密合作夥伴，一年內團隊在美國獨立營運。」Laura 與 Angela 更定下三年在納斯特克上市的目標，兩人雄心壯志。Angela 到埗後進註了一所孵化中心，人生路不熟，她試過因為沒有找到電源插頭而打電話給 Laura，其實是大小事情也找到這女上司的頭上來。

　　那夜凌晨三點，Laura 的手機響起，話筒傳來女人的哭泣聲；午夜兇鈴把獨住的 Laura 嚇個半

死。事緣是 Angela 的車子給撞了，她惶恐下遂致電 Laura 求助。

但不到三個月，這女 IT 人已完全融入了矽谷的生活，早上十點起床自製美式早餐，下午在孵化中心與男性友人一起撰寫程式，晚間出席無數的創業活動至凌晨，被外國男生團團包圍。

除每週工作會議，Angela 已很少與 Laura 聯絡，每次會議 Angela 提出的創新念頭全數也被 Laura 否決；這女上司更給她取名「矽谷貴婦狗」，兩人心生芥蒂，最後 Angela 毅然離開公司，並獨自留在矽谷創業。

Phoebe 是高材生，擁有計算機科學碩士學位，畢業後在 Laura 公司負責程度設計，工作頭頭是道。Phoebe 得悉 Angela 離開後便主動申請去美國發展。Laura 和拍檔不想之前的投資泡湯，遂答應 Phoebe 及安排了她去矽谷工作。

Phoebe 計算準確，並沒有令 Laura 及老闆們失望；她短時間內找到了美方合作夥伴，同時也找到了一位美籍華人的男朋友，兩人愛得難捨難離。

「LinkedIn 今日顯示 Phoebe 轉職了。」眾香港同事議論紛紛，據聞在男朋友介紹下，Phoebe 加入了一間知名科技企業任職，收入更是 Laura 公司的三倍。不久香港同事收到 Phoebe 懷孕的消息，她將與男友結婚並正式成為美國公民。Laura 看在眼內不是味兒，她心裡暗忖：「正 IT 狗姆！」怎麼可能由她鋪橋搭路成全了 Phoebe 而自己卻一無所有。

今天 Laura 踏上去美國的航班，這次她決定親身去矽谷開拓人生的事業。

STORY 2

科研創業夢

「入實驗室，下一句係乜嘢？」
Henry 做實驗前問同學，
Desmond 回答道：「撳緊急
掣？」Henry 笑咪咪的回應：「好似你咁，講多
無謂！」惹得眾人嘻哈大笑。Henry 是同學們的
開心果，為沉悶的研究課堂帶來歡樂的時光；他和
Desmond 也是教授 Keith 的得意弟子，一心希望

能把兩人培養成材。

「創業或做研究如何選擇？」高材生 Desmond 正煩惱於未來前途問題，他本想繼續研究生涯及拿取更高學歷，但也想藉社會創業氣氛濃厚，幹一番大事業。「兩者有衝突嗎？」

Henry 的回覆令他摸不著頭腦。「好簡單啫！你繼續在大學做研究，我出去開公司創業，我們擔當不同角色把研究成果貢獻社會。」Henry 拋出了看似可行的方案，最後更成功游說教授 Keith 作為導師，並得到大學開綠燈支持。

科研與創業同行，開展尚算一切順利，團隊其後更加入了數位師弟師妹，各人在不同的範疇上努力工作，取得了一些創業比賽的獎項，市場上也做出了一點成績；性價比極高的港產化妝品及護膚品系列應運而生，卻同時帶起了科研與創業兩邊的爭議。

Desmond 認為應該增加資源在產品開發的範疇上，Henry 卻指出市場推廣才是核心，建議聘請當時得令的明星作品牌代言人。

「為了拿取更高學歷，完成更多論文，強行撥款研發滅脂系列就不應該。」Henry 望著教授 Keith 卻對某人作出投訴。「為了個人名聲，胡亂花錢作市場推廣實屬不智。」Desmond 挾著食物給教授 Keith，口中在喃喃自語。三個人一起的火鍋晚餐，Henry 和 Desmond 竟沒有一句直接對話，教授 Keith 成為了整頓晚餐的傳聲筒；他心中感到不快，本想理性的去討論，也想過把責任攬上身。說實在的「一為功名、二為弟子」其實卻是他本人。

　　當晚三人不歡而散，教授與 Desmond 回到實驗室，兩人商討是否繼續以天然資源研發滅脂產品的可能性，更一起以海藻組織作起實驗。可能是心情欠佳，又或者是疲累所致，Desmond 在實驗室意外被化學品濺中眼部受傷，需送院治理，情況嚴重。

　　那邊廂，Henry 卻收到當時得令的明星經理人通知，願意以拆帳形式合作，支持香港品牌發展，他喜極而泣之際，卻收到 Desmond 的不幸消息，頓時感天意弄人。最後 Henry 決定作出另一個選擇。

　　距離新的滅脂產品預定推出的日子還不夠一個月，實驗室中，教授 Keith 與數位研究生留守至深夜，氣氛異常緊張。「Henry 哪裡去了？」教授 Keith 赫然發覺這研究生失蹤了數小時，團隊成員四處尋找，終於在洗手間內尋回；其時見 Henry 雙眼通紅，教授當然明白，平時看似樂觀的 Henry 轉讀研究生後心裡壓力非常大，他背負著對 Desmond 和團隊的責任及對自己的期望。

　　突然 Desmond 出現並拍一拍 Henry 肩膀問道：「入實驗室，下一句係乜嘢？」Henry 轉哭為笑說：「好似我咁，喊多無謂！」兩人互相擁抱，一起昂然進入實驗室，當晚成功完成新方案的天然滅脂研究，教授 Keith 淚灑當場。

STORY 3
暗戰

Cyrus 出身小康之家，他三年前跟舊同學 Albert 的一次泰國旅程，成就了兩人一起創辦初創企業（Startup）「旅遊手機」；Albert 是電腦工程師，大學未畢業已跟數位同學設計 app 創業，兩年後更成功賣出賺了第一桶金。

　　Cyrus 當日和 Albert 在泰國北部旅遊，有緣在的士司機介紹下，參加當地的潑水節活動，兩人玩得痛快，但發覺當地機場及酒店皆沒有介紹此活動，靈機一觸遂想到一門提供旅遊資訊的生意，Cyrus 負責業務發展而 Albert 集中做好程式開發。

　　他們兩人先由香港開始，在機場租了一個櫃枱，透過租借一部智能手機，讓旅客可以得到最新的旅遊資訊，更可以訂購演唱會及樂園門票等。

　　生意因為宣傳不足，並沒如他們想像般理想，三個月過去也只有十多位客戶租機試用，他們卻從這些客戶中得到很多意見及啟發，同時認識了隔鄰櫃枱的小型酒店負責人。

　　Cyrus 膽粗粗向父親借了港幣五百萬元，訂了超過一千部智能手機，Albert 負責設計程式提供酒店的各項管家服務，他們更給予酒店一點行政費用，門票銷售及餐廳預訂等收入，皆跟酒店五五分帳，兩人短時間已攻下了十多間港澳的小型酒店，更認識了一班酒店家族的「富二代」接班人。

生意漸有起色，兩人決定招兵買馬，透過一位「富二代」朋友認識了在酒店業界有點名氣的 Sky，聘請他成為市場營運總監；Sky 不負所託，短時期已找到十多間東南亞酒店的客戶，更把合作模式改為向酒店收取費用，公司同事也對 Sky 恭敬有加，惟 Cyrus 及 Albert 開始對他有所顧忌。

Cyrus 偶爾會因同事的小錯誤在公司大發脾氣，暗示他才是公司的話事人；每逢周五傍晚，他更會邀請把 Sky 介紹來公司的富二代及其他好友，在公司的貴賓室飲酒及看電影，偶爾更有身材火辣的女郎陪伴；其中目的也是想提醒 Sky 要飲水思源。

Sky 對其行為嗤之以鼻，因為直入敵軍心臟作戰根本就是他的原意，他十分喜歡觀看有關臥底的電影，深信當年王維基入亞視半日被遂是臥底的商業行為；他知道他與 Cyrus 及 Albert 之間是場「暗戰」，他付出小許酒店網絡贏取他們信任，自己卻暗中學懂竅門，準備他日另起爐灶。

Sky 陸續介紹心腹加入公司，他們在 Telegram 以秘密方法溝通，更私下收錄 Cyrus 無理取鬧的短片，以作將來可能對簿公堂之用。

　　Albert 暗中設置一個空殼的專利機密檔案，引誘 Sky 相關人士露出馬腳；終於 Sky 的部下複製檔案時被擒獲，連帶 Sky 及其黨羽也被即時辭退及告上法庭，最後雙方和解收場。

　　暗戰轉為明戰，Cyrus 及 Albert 的公司現與 Sky 新開的公司在市場上平分秋色，雙方鬥爭取更多酒店客戶，也提供更佳的服務給予旅客；競爭者的出現，顧客才是最大的得益者。

STORY 4
墨魚遊戲

這間咖啡店不到二十個座位，但永遠擠得水洩不通，這裡正是科技人的朝聖地。遊戲設計師 Adrian 甫坐低，近期熱爆科技界的代名詞已經從四方八面傳到他的耳朵。

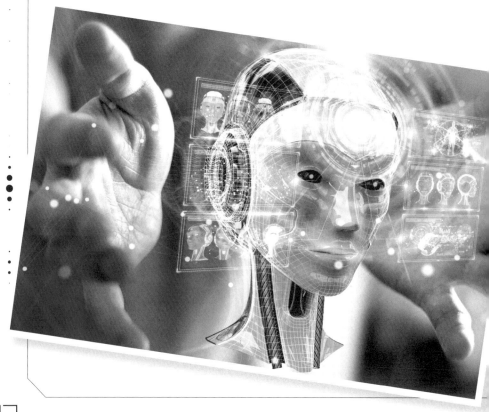

　　「我們的新款智慧產品將會同時在元宇宙發售。」「呢隻基金有幾勁？創辦人正是朱克伯格外家的親戚。」一對年青人相信是企業創辦人及基金經理，正在以最流行的代名詞「元宇宙」及「朱克伯格」來自抬身價及互相追捧，這情景在這咖啡小店屢見不鮮。當年 Adrian 還在打工時，已差點抓住了一個很好的機會。

　　三年前的某天，Adrian 與任職基金經理的兒時好友 Benjamain 在咖啡店茶聚。「呢隻基金有幾勁？創辦人的小學同學正是孫正義。」Adrian 頓時雙眼發光，Benjamain 建議他把「人工智能」「大數據」等當年最流行的代名詞，加進其設計的遊戲內，並強調會介紹基金創辦人給他認識，著他創業一起搵大錢。可惜當年 Adrian 未有膽識，其後更被公司調去台灣工作，創業及融資計劃雙雙告吹。

　　終於等到了 2021 年，全球習慣遙距開會及在家工作，大眾發現以視像通話、雲端應用已可代替通勤、上班、見客等工作，「元宇宙」的概念也應運而生。

與此同時，電視串流平台正熱播「墨魚遊戲」劇集，Adrian 終相信他的機會來了。那日在咖啡店他把在元宇宙推出「墨魚遊戲」的想法告知 Benjamain，並建議合組公司，抓緊這個浪潮乘勢而上。

　　「我對在元宇宙推出墨魚遊戲充滿信心，輸咗的只是虛擬世界的化身，肯定大受歡迎。」Adrian 把已經設計好的遊戲方案及標誌圖等一併交給 Benjamain，期望他可以找到所謂的基金投資人做融資。

　　不到一個星期，市場驚聞出現了一個名為「墨魚遊戲」的項目，Adrian 馬上往相關網頁查看，發現內裡展示的遊戲畫面、發展路線圖、團隊成員及發遊戲幣的白皮書等，與他交給 Benjamain 的資料如出一轍。

　　Adrian 相信 Benjamain 已經開始做功夫釣大魚，他亦每天緊貼著市場走勢；墨魚貨幣竟在數天被炒高至千倍價值，令全世界嘩然。

　　其後劇集串流平台出來澄清那個項目沒有取得授權，而亦有貨幣投資者嘗試拋售但不成功，更發現

與智能合約設定的一個防拋售機制有關。然而投資者的瘋狂、貪婪已將一切壞消息、勸諫忠言當成阻止他們暴富的雜音。

就在這個時候，有人將手上所有貨幣拋售，導致價錢由 2000 多美元跌至 0.0001 美元。投資者如夢初醒，發覺已被套牢了。最終墨魚網站及社交媒體關閉了，有人懷疑將資產轉移到其父親的交易所錢包企圖洗白。受害人紛紛向交易所匯報，亦有受害人是該交易所員工，一氣之下向公眾發佈了 Benjamain 父親的個人資料，甚至懸紅鉅款輯拿歸案。

Adrian 相信行動不便的 Benjamain 父親已經和兒子開展了亡命天涯，一切也是當日由他的墨魚遊戲而生。

STORY 5
冰室白武士

新一屆「工商業獎」得獎者 Roy 站在台上分享得獎感受:「我小時候渾渾噩噩,終日流連街頭,中三未畢業讀書不成,長年做散工。」Roy 指他絕對是輸在起跑線,但卻從來沒有放棄自己。八年前的一個機會,他接手經營冰室,並打造成有超過數十間分店的飲食王國。Roy 接過獎項,台下掌聲如雷。

　　台下兩位賓客正在竊竊私語。肥佬 Rich 盛讚鄰座的 Edward：「當日如何諗出這絕世好橋？」Edward 笑而不語，他的整個計劃比原定時間遲了數年，但總算為商鋪投資者 Rich 帶來可觀的利潤，及未來理想的回報。

　　「香港人喜歡緬懷過去，鍾意聽獅子山下勵志的故事。」Edward 吐出了兩句說話，腦海裏浮現當日如爛泥般的餐廳侍應 Roy 的影子。

　　「又話金漆招牌，點解長工要變長散？」侍應 Roy 不贊同太子爺 Edward 提出與冰室共渡時艱的建議，更口出狂言：「你唔識搞就搵其他人搞！」他更指深圳的餐廳已經提供手機落單服務，而冰室繼續一成不變只有死路一條。

　　另一邊廂，業主好友肥佬 Rich 也要求明年加租，否則可能把鋪位租給連鎖快餐店集團，令 Edward 感到意興闌珊。八年歷史的冰室有如雞肋，食之無肉、棄之可惜。

　　「大佬，食神的招牌瀨尿牛丸可以醫厭食症，我哋所謂金漆招牌奶茶有乜嘢特色？」Roy 每次見 Edward 都口沒遮攔，處處進迫。

那次 Edward 真的發火了，在肥佬 Rich 面前指着 Roy 的頭大罵：「你咁巴閉，間冰室交俾你會點做？講唔出就明天不用上班。」Roy 照搬電影橋段，指做生意最忌一成不變，一杯香滑奶茶並不足夠，要以人情味講故事講包裝，重新帶起冰室文化。

　　「一間變兩間，兩間變四間，四間變八間，八間之後上市，上市咪再集資囉！跟住炒股票囉！搞埋地產呀笨！跟住，再分拆上市，到時淨係收股息我都唔知點計呀！」

　　Roy 繼續琅琅上口的把電影台詞搬出來。「奶茶、冰室、地產、上市。」等字眼不斷在 Edward 的腦袋浮現，這正正就是港式商業頭腦的精粹，小店要發圍的方向；他指向 Roy：「明天開始你做冰室 CEO 代我創業，肥佬繼續做地產，我在背後說故事。」冰室救亡行動正式展開。

　　Roy 由一個「長散」變身成為「冰室白武士」，引入電子支付系統，加設手機落單程式，同時保留傳統冰室風味，在市場上漸受關注；以「人情味」包裝「商舖」投資，成功帶旺商舖價值，其後肥佬 Rich 聯同其他商舖投資者也加入這餐飲王國；在疫情期間更大打溫情牌。

Roy 接受傳媒訪問指出：「每個僱員背後也有家庭，可能是經濟支柱，如現時失業或減薪，會令他們大受影響。我能夠做幾多就幾多，令員工能維持是首要目標。」Roy 在社會上贏盡掌聲。

電視上正播出疫苗大抽獎活動得獎者領獎，頭獎為「一世免費食常餐」，得獎者笑言對得獎難以置信，將當冰室為飯堂，食一世都唔厭，連登仔隨即出 Post 話，如搵到個女友肯陪一世食常餐就好，大收宣傳之效。

Roy 拿取今屆工商業獎，商界好友連續數星期幫他搞慶祝，每晚食盡鮑參翅肚。「常餐，我最掛住都係常餐。」他熱淚盈框，流露出「被創業者」的心酸。

STORY 6
移民急讓

《移》民急讓》近日並不陌生，那何時是移民時機？眾說紛紜。對創業家來說，最好的出路可能是把公司做出成績，出讓後有足夠資金便移民他鄉。Davey 當日收到老同學 Peter 的一個電話，他相信移民的最好時機來臨了。

「你有興趣到加拿大嗎？可以入住我的大屋及開我的車子，全部免費的。」Davey 喜出望外，他和太太真的有移民外國的打算，Peter 更說加拿大的教育很適合有特殊學習需要的小朋友，而 Davey 一直擔心已確診過度活躍症的兒子，他收到電話後開心不已。「我會與太太帶同兩位女兒到國內尋求機會，希望能闖一番事業。」Peter 請求 Davey 先做盲公竹，助他以會計專業打開國內市場。

本身是香港創科人的 Davey，對國內市場其實不太熟悉，他協助 Peter 下載了一些國內的社交程式，以及介紹大灣區的一點關係，對往國內創業的 Peter 幫助不大；直至他在 EMBA 的課堂碰上了國

內某雲端供應商的負責人 Joseph，是最重要的轉捩點。「雲服務只是表面，我們更擔起照顧海外企業落戶中國內地市場的工作，包括技術、法律及營商顧問。」此後 Davey 經常與 Joseph 一起聚會，兩人替 Peter 想出了會計與科技結合的另類商業模式。

「通過掃描或手機拍照功能，把單據文件上傳雲端系統，同時以人工智能提供理帳服務。」Davey 在 Joseph 協助下替老同學 Peter 發明了一套人工智能會計系統，運用雲端技術實現會計無紙化的未來。「AI 需要不斷的去訓練及學習，確認出各款單據、文件特徵，從而快速建立對應的會計賬目及報表。」Joseph 指成敗的關鍵在於多少企業參與其中，著 Davey 可以在香港找多些用戶測試好，然後再與 Peter 共同打開龐大的內地市場。

Davey 不辭勞苦，在香港找來了過百間中小企業試用這套新系統，優化了當中的用戶體驗。「令管理層及老闆們隨時掌握公司經營狀況。」「方便快捷，無需翻閱紙質會計文件，得心應手。」用戶正面的回應為 Davey 和 Peter 打了一支強心針。

最令他們激動的就是 Joseph 引薦了公司的投資部門，給予他們一筆可觀的天使投資基金發展國內市場。他們三人均相信率先在會計界運用雲端技術、人工智能等將會有翻天覆地的變化。

「決定幾時移民去加拿大？」Peter 首次開口問 Davey，他難於啟齒。然後哼了幾句中學時代一起夾 band 的歌曲。「誰人定我去或留，定我心中

的宇宙;只想靠兩手,向理想揮手。」兩人相對而笑,
的確難得有機會三十年後一起追尋理想,尋找心底
夢想的世界,不應該就此放棄。

　　「不用擔心兒子,我大女兒可以替他補習,令
他更專心溫習。」Peter 補充說道。幾時是創業最
佳時候?就是有志同道合的人願與你一起做夢的時
候。移民急讓嗎?暫時不了。

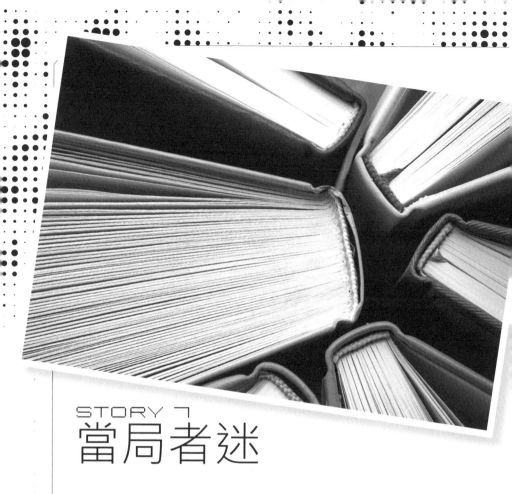

STORY 7
當局者迷

「人生最大的冒險就係唔去冒險！我就係其中最好的例子，錯過了很多機會，有時甚至感覺人生失去意義。」Joshua 在書展向記者推介他的新書，當中收錄了有關創業的十篇故事，講述不同人士面對創業的六大命題及作者從中得到的領悟；當中包括意念、命途、團隊、成敗、時機和掙扎，標榜全部真人真事改編。

Joshua 形容自己是「用狂蟒筆觸揭開創業的光怪陸離世界。」這位城中著名的創業導師更帶出了新的議題:「創業究竟是夢想主導還是利益為先?」Joshua 自誇說在書中自有分曉,更鼓勵讀者參加他的創業課程。

記者好奇地問:「創業死亡率咁高,創業導師能幫助學員起死回生嗎?實際的工作是甚麼?」Joshua 回應一句指「當局者迷」,他認為創業很容易迷失,而導師的角色就是要從另一個客觀的角度,協助學員重回正軌;不過他所謂的重回正軌卻引起社會的輿論。

新書中有一篇叫《賭徒》的故事,講述一名精於數學的高材生,大學畢業後當上工程師,每星期需往返台灣工作,但半年後卻被發現他一直瞞着家人回港的日子,而每星期五坐飛機去了澳門賭錢,最後因為被大耳窿從澳門挾持回香港而東窗事發。Joshua 在文中末段提及由他建議男主角去創業,並鼓勵家人夾錢給當事人開公司,令他每天可以集中最大的精力做好生意,利用他的精密頭腦及耗盡他的心力,不用花時間在賭博的念頭上,生意一步步邁向成功;這絕對是一個浪子回頭金不換的故事。

另一篇引起關注的故事叫《女友》，男主角不斷在商會物色創業的單身女性，以見多識廣、博學多才的姿態贏取女方的歡心及信任，撫慰寂寞的心同時佔據公司的股份，其中一間據為己有的公司最後在美國上市。Joshua 竟然在結尾指從未見過這嶄新的商業模式，更為男主角平反，指這世俗人眼中的賤男也有付出精力、時間及心思，而最後男方只為利益罔顧愛情亦無可厚非，因為做生意就是要賺取最大的利益，評論令讀者嘩然。

　　「這些是真人真事嗎？」記者裝作懷疑書中內容只是 Joshua 虛構出來嘩眾取寵的創業故事，這位創業導師卻不置可否，他更語出驚人：「要創業成功就必須六親不認。」結果那名記者被 Joshua 的歪理所征服，承認創業就是要賺取最大利益，最後更報名參加 Joshua 的創業及投資班。及至近日在各大旺區有這樣的一張海報出現，令人為之嘩然。

　　「知名創業導師 Joshua，《謎網創業》一書作者，媒體曾報導的所謂人生冒險家，胡亂教人創業，累人家庭破碎、妻離子散。此人遺害人間，正在合謀女記者推廣創業班，累人累物。」相信是《賭徒》和《女友》故事的親人對 Joshua 的指責。

　　寧教人保就業，莫教人去創業。Joshua 首次冒險去創業失敗了，他的新書被書店下架，創業投資課程被迫停辦。當局者迷，創業導師都會創業失敗。人生最大的冒險就係唔去冒險，Joshua 有另一番體會。

STORY 8
網紅商會

網紅 KOL 是一門炙手可熱的行業，吸引眾多明星素人紛紛加入，包括曾經在教育界享負勝名的馬博士，他不單自薦為多間網紅學校擔任顧問，更牽頭籌辦行業商會，為業界爭取權益，他經常自嘲是老來創業，但肯定不會輸得一敗塗地。他相信憑自己的經驗及政治手腕，必能維繫商會內部和平及健康發展。

　　由於時間倉卒，商會先由馬博士及他的好友發起成立公司並出任董事，眾人繼而制定會規、會章及選舉制度等；但誰知這樣的安排卻為日後的衝突埋下了伏線。當日財力雄厚的教育機構負責人 Martin 被推舉為臨時會長，任期半年，眾人並無異議。而馬博士擔任召集人。商會開局尚算順利，並陸續吸引更多網紅及公司加入，包括在大海對岸的澳門網紅基地負責人 Gavin。

　　網紅的生意並沒有想像般容易，要添置先進的拍攝器材，要構思好每一個拍攝片段，更重要是找到客戶，想突圍而出相當困難。再加上市場不斷被內地的競爭者蠶食，Martin 漸感心灰意冷，旗下各項生意在疫情下又出現虧損，他決定辭任主席一職，專心自己其他業務。商會主席一位懸空，很多人虎視眈眈，臨時內閣成員隨即安排籌組選舉。

　　器材供應商 David 在商會內一直態度積極，說穿了不外乎為了生意，每間網紅公司老闆也是其潛在客戶，他期望能夠成為商會的領頭人，帶領業界繁榮昌盛。另外澳門幫 Gavin 不遑多讓，近幾年在社交媒體做出很好的成績，培養了很多新派的 KOL，亦吸引港澳台明星爭相加盟，絕對

勝任網紅商會會長；不過世事往往出人意表，令有意出選的馬博士知難而退。

「我支持 David，若他當選會長，我私人捐五十萬元給商會做經費。」數天後竟然傳出 Gavin 與 David 是舊相識，他更全力支持 David 出任會長。Gavin 一向在商會給別人的印象是豪爽大方，得此承諾 David 當選的呼聲大振，馬博士無奈回應：「有人願意貢獻，又有人願意捐錢，應該是百利而無一害。」馬博士自己也不想多生事端，願意支持並慫恿其他合資格的會員投票給 David。

結果 David 真的當選了，而荒誕的事陸續有來。委員會成員開始要求 Gavin 兌現承諾，但他卻認為商會的有限公司董事全部也是沒有經選舉產生，但卻把持著銀行戶口的查閱、提款權限，於是要求原有的公司董事辭職。但那邊廂，一班創會的公司董事包括馬博士均認為會長是靠欺騙選票而誕生，但卻擁有所謂的民主力量，如果大家都辭任董事會令會長隻手遮天，亦有誘因令 David 戀棧權位。

經過多次會議之後仍然未能夠達成共識，Gavin 憤而向委員會說：「在財政權未安排妥當前我是不會捐款的。」委員會中亦有人覺得被欺騙選票了，於是

轉而向馬博士問責。「我從來沒收受任何商家利益，只想為業界出力，未能確保 Gavin 兌現承諾是我的責任，我願意辭任並退出商會以示清白。」馬博士退群前登出最後一段說話。

「我支持博士，也支持新會長，但是舊班底不肯放手轉名放權，綁手綁腳怎樣做事？」Gavin 指一朝天子一朝臣，應該是新會長委任新董事互相監督運作，他續說：「現在馬博士退群了，所以我決定成立新商會，將資金注入新的商會內，會嘗試邀請馬博士加入，會長又可以全權好好運用我捐助的錢，為香港網紅業做展覽做宣傳及辦活動。」說罷亦退群了。

自此，群內寂靜了，只留下遺憾與唏噓。

STORY 9
老師的夢想

回想當年，陳 Sir 大學畢業後就決定當老師；春風化雨、作育英才是他從小以來的心願，也是這位理科老師的人生目標。陳 Sir 一直認為自己是循規蹈矩，按照早就規劃好的藍圖前進，也願意為未來培育青少年作出貢獻；但凡事總有例外，在他第一個半天的工作中，這位理科老師對於自己一直嚮往的工作產生了疑問，甚至有思想上的衝擊。

「科學創意唔一定無中生有，大家可以利用放大縮小或者重新組合去幫助思考。」陳 Sir 第一天教學便嘗試引起同學們對科學的興趣，但卻引來這 Band 3 學生們無數的嘲笑。「陳 Sir，可唔可以將你身體那一部份放大縮小？」「我知我知！陳 Sir 對眼細到睇唔到啦，可以放大！」嘻嘻哈哈的人身攻擊言論令陳 Sir 感到非常尷尬，他也曾埋怨是否應該浪費時間在所謂的未來棟樑身上。

陳 Sir 其後把此事與兒時好友 Dennis 分享，卻換來了另一番見解。Dennis 指他會以另一種方法作出回應：「同學們，其實屎尿屁都可以重新組合，只要由食物源頭出發。」一言驚醒夢中人，兩位好友嘻哈大笑。這位長相斯文，身材偏瘦，看上去沒有甚麼麼威嚴的綿羊老師陳 Sir，後來卻成為了學生追捧的新偶像，儼如周星馳當年在《430 穿梭機》的黑白殭屍般，與小朋友相處也有著無窮無盡的鬼主意。

「咁都唔識，兜巴星你呀！」「你今日食咗乜？食咗腦末？」陳 Sir 鼓勵學生們多動腦筋，不要做鹹魚；但他自己其實也正在追尋夢想。「站在台上說自己的夢想創意，便能拿到獎金日後創業？」陳 Sir 那天與 Dennis 一起午餐，兩人談論近期非常流行的創業 pitching。這位理科老師在想，如果 Band 3 的同

學們也能在比賽勝出，社會上一定得到很大的迴響。當晚他徹夜難眠，他決定明天就鼓勵同學們參加比賽。

　　課室的吵鬧聲喚醒了仍在思索中的陳 Sir ，他可能又遇到些胡鬧搗蛋的學生，嘲笑其他同學的創作。陳 Sir 看著眼前提交的「創意發明」學生作品，一款以手轉動的手機充電器，他驚呆了；這就是出自他啟發學生的潛能而發明出來的產品，以動能轉變為電能，以電能啟動對外通訊的大門，他的手不期然在轉動，然後嘴巴張開至咧嘴大笑，然後整個課室也充滿笑聲。

　　「我有一個壞消息要告訴大家！」陳 Sir 以一貫幽默的方式，告訴同學們他將要暫別校園，並與兩位同學到外地參加比賽。各人拍掌歡呼，陳 Sir 感到非常欣慰，他相信這三年的教學生涯沒有白費。真正的壞消息來了，陳 Sir 和同學們入住的酒店因地震而倒塌，數人被壓在大堆的亂石之下奄奄一息；陳 Sir 回過神來，發現手機沒電，隨即以手動充電器充電，並告知他們位置，最後得拯救人員撿回性命。

　　「創科不是要贏比賽，是可以救性命！」陳 Sir 說這句的時候，便會收起他的幽默笑臉。

STORY 10

幣圈掌門人

人稱《幣圈掌門人》的 Rocky 近日因 NFT 事件紅遍國際，這位高人曾經與電動車之父對賭狗仔幣，又藉著炒賣近日氣勢如虹的 NFT 而身家暴漲。其實他背後的創業故事更發人深省，當中的信念也鮮為人知。

「外界有人認為他是投機者，但這太過武斷了。」Lawrence 與 Rocky 在九十年代一起投資電影，

他認為這位拍檔不僅是機會主義者，每一次也能掌控時代脈搏，跌倒了更可以絕處逢生。他們當年就是把握香港電影的黃金機會，創造出一點成績。兩人的製作公司日夜趕工，每天也拍攝至天昏地暗。

「借你位大卡士和拍攝團隊幾個禮拜。」黑勢力在片場用槍指住 Rocky，強搶了那位炙手可熱的大明星和製作班底；儼如電影情節，事件震驚全行，兩人的製作公司因未能逾期完成至債務纏身。「從此就要離開片場嗎？不可能吧！」Rocky 提出轉拍「七日鮮」，以低成本製作搶佔市場，最終竟可還清債務。他經常把格言「邊度跌低就邊度爬起身！」掛在口邊。

後來新冠肺炎疫情來襲，全港口罩供應短缺，Rocky 在電視上看到政府呼籲有心人在港開設口罩工廠；他感到機會來了，透過人脈關係短時間購入生產設備，決心在這藍海市場分一杯羹。可惜工廠生產數量不似預期，未能受惠政府的資助計劃，他短時間虧損了近千萬港元。Lawrence 指 Rocky 想出了製造高價值的口罩，以其在電影圈的關係取得版權，一系列電影及卡通人物肖像的口罩應運而生，瘋魔全球，他又一次跌倒後爬回起來。

近月 Rocky 成了幣圈大好友，迷上新鮮熱辣的 NFT。「你看看我買的這個 punk 頭人像畫 NFT，買

入時才 22 ETH，現時整個系列最便宜那個都要 33 ETH。」Rocky 興奮的展示給 Lawrence。數天後，他卻收到 Rocky 來電，訴苦說損失了一百萬元。事緣以太坊的儲存單位是整數，想要表達比 1 ETH 更小的單位需要使用最小單位 wei，1 ETH 是 10^{18} wei。

那天晚上 Rocky 打算出售手上的 punk 頭 NFT 時，在價錢一欄需輸入 wei 數值，但他卻沒留意，輸入漏了 18 個零，以 50 wei 的價錢沽售了，並馬上有買家承接。最後那位買家以迅雷不及掩耳的速度，以 50 ETH 將那個 NFT 轉售他人；一愕之間，Rocky 切切實實的損失了一百萬元，欲哭無淚。究竟今次他又以甚麼方法逆境重生？

「可不可以馬上寫一個 bot 去捕捉下一個錯誤標價的人？」Rocky 在痛苦的邊緣卻想到了這奇妙的方法，Lawrence 找到專家數天便完成了；程式正在捕捉著每一個犯錯的賣家，有殺錯、無放過，同時也幫 Rocky 賺回蝕去的金錢。

國際財經新聞報道，香港出現烏龍的交易，這個不可刪改的區塊鏈記錄鐵證如山，坊間也笑 Rocky 是掌門人「俾獎金，送百萬當係碎銀！」這位高人當然是一笑置之。

STORY 11
照片風波

「坊間普遍認為女歌手的音樂會搞唔成，主要原因係『照片風波』。」Alfred 大口的喝著啤酒，幾位新同事在酒吧中聽得入神。「No No No.. 件事並唔係你哋想像咁簡單！」這位人稱「橋王」的創業家的確厲害，每一次也能為客戶化險為夷。

「音樂會最緊要係乜嘢？」Alfred 扯高聲線問道。「是歌手嗎？」「是購票入場人士？」新同事直率的回答。「甚麼也不是，最重要係贊助機構。」Alfred 斬釘截鐵的回應著。在廣告公司出身的他憑創意贏取眾多客戶的歡心，有跨國企業及科網巨企成為他的忠實支持者，Alfred 尋找贊助商從來得心應手。

事實上他真的創意無限，當年曾為跨國飲品公司想出透過電視廣告，發出超聲波啟動手機 app，助用戶贏取獎賞，風靡全城。其後他又引薦「手機充電 locker」到國內電影院，給觀眾看電影期間提供手機充電服務，贏得了市場的掌聲，同時認識了銳意到香港發展的金融巨企負責人李總。

「Payment 生意最緊要夠貼地。」Alfred 以市場專家姿態給李總提供建議，他拍心口保證三年內能成功打開香港市場，最後更自組公司接下這張大訂單。其後 Alfred 新公司倒能替李總的金融服務成功在香港落地，包括引入手機支付功能乘坐的士，以及在年宵攤位等購物場境應用，但也是雷聲大雨點小；李總不太滿意進度，更威嚇要取消合約。

「贊助音樂會可以一鳴驚人，既可以拿回優先門票獎賞客戶，又可以有最大的曝光率。」Alfred 成功游說李總贊助久休復出的女歌手開辦三場音樂會；那邊廂他同時得到主辦單位的豐厚佣金，左右逢源。

可惜天意弄人，Alfred 收到主辦單位通知，售票單位在疫情下生意大不如前，更將會被合作夥伴告上法庭，追討數百萬元欠款。

「如果新聞一出定會嚇壞李總，害怕優先訂票收入隨時俾法院扣起還債，可能血本無歸。」Alfred 與主辦單位商討對策，但單方面叫停音樂會又要賠償，此刻可謂進退兩難。

那夜突然殺出照片風波，震驚全城，女歌手被網民狠批不守婦道，其音樂會在公眾輿論壓力下被迫腰斬。

Alfred 在酒吧笑不攏嘴，突然其中一位新同事把啤酒倒向他的臉並大罵：「正無賴！我就是當日被你愚弄的網民，女歌手給你害慘了。」

　　兩位新同事相繼離開，當晚更在網上大爆這位老闆的卑鄙行為。Alfred 的公司其後被大批網民追擊，又被客戶唾棄，最後落得結業收場。

　　「There are two rules for success... 1. Never reveal everything you know!」Alfred 偶然看到一句宣傳標語，他肯定第二句一定是 Don't drink anymore。

STORY 12
學位何價

「**我**」是 EMBA 的學生，正籌備一個打破健力士紀錄的創業活動，期望得到你的贊助。」Francis 故意在通話中扯高聲浪，讓旁邊的父親知道他仍努力爭取較高學歷。瞬間，任教女子大學的父親楊老師心裡發慌，他恐怕兒子已步自己的後塵。

當年楊老師仍在中學任教，擁有碩士學位的他一直鬱鬱不得志；那年兒子剛剛出生，他為了改善家庭生活環境，決定申請某大專院校的教席，並順利獲得聘任。適逢其會他認識了 Smart Sir，被游說報讀千島國大學博士學位。「真係唔需要上堂，另有同事會幫你寫好論文。」當日楊老師付出了近二十萬港元為自己添置了博士學位，並毅然以博士之名任教仍未正名的大專院校。

過去數年，不時傳出某議員或名人購買博士學位，傳媒追查那千島國大學，發現其並沒有校舍，社會議論紛紛；而香港負責人 Smart Sir 亦已失蹤，辦公室人去樓空。傳媒逐所大學去查問是否有購買學位的教職員。楊博士隨即卸任系主任及離港一年暫避風頭，兩公婆為此事多番爭吵，更直接影響正在求學階段的 Francis。兒子成績未如理想，未能繼續升學，母親責怪自己學歷不高未能幫忙，此事一直令林老師耿耿於懷。

「我們的 EMBA 課程由一所外國大學頒授，著重實戰經驗，每班由七十位創業家共同去做好一門生意。」Smart Sir 捲土重來並設立了一所商學院，主要針對近期流行的創業風潮，每位學員的學費約三萬港元，順利完成課程及介紹兩位新同學報讀可獲八折

優待。Smart Sir 再次創業噱頭多多，又健力士世界紀錄，又慈善籌款活動，最吸引的地方就是以最短時間及極低價錢拿到 EMBA 證書。

「小店做旺、旺店做大、大店做名」Francis 正如痴如醉地聽著 Smart Sir 的營商智慧，同時合資給他開拓嶄新的創業項目。三個月後，Francis 順利畢業，拿到那外國不知名大學的 EMBA 證書；他感到興奮莫名，準備把這份喜悅帶給父親，同時邀請母親報讀 Smart Sir 的新課程，拿取更高學歷。

「百貨應百客！不同學位自有不同需要的人。」Smart Sir 指罵著前來鬧事的楊老師，兩人在課堂上大打出手，假髮假牙等也被扯掉，然後更雙雙步入警署，最後庭外和解收場。

「我要我的學生成為世界上最棒的。」楊博士在自吹自擂，他創立了一所全新的商學院，規模比 Smart Sir 的更大、頒發學位及證書的種類更多，明年準備在納斯達克上市。

STORY 13
智慧學校

「擅長 word、excel、ppt 的安裝與卸載，熟悉 Windows、Linux、Mac、WP8 等系統開關機。」馬校長收到某應徵電腦科助教的履歷，笑的合不攏嘴，他關上電腦，隨後走進已經差不多完成裝修的智慧校園，有點沾沾自喜；那天與初創企業創辦人 Kenny 爭辯不休的情景，歷歷在目。

「中國歷史同資訊科技 Crossover？你估你係周星馳咩！」馬校長毫不客氣地在中史老師朱 Sir 前，批評前來介紹 AR 中史教材的 Kenny。

「你想母校繼續原地踏步嗎？」Kenny 不甘被奚落，指馬校長思想陳舊，並提出這只是智慧學習的起步，學校不應該固步自封。會面不歡而散，Kenny 留下了一些示範教材給朱 Sir 便離開了。

「嘩啦啦！好厲害呀！我明白了，哈哈。」馬校長巡課室時被學生們的嘻笑聲所吸引，他發現朱 Sir 已採購了其 AR 圖卡進行教學，並解說「陳橋兵變」及皇袍加身，期間以 2D 動畫解釋宋太祖趙匡胤的生平及歷史事件的經過，以聲畫同步配合教學，同學們都興緻勃勃。馬校長觀察了整個課堂，不怒反笑，心裡有了一些盤算。

「今日係一個新的里程碑，我會帶領這四十多年歷史的學校重新出發。」馬校長在眾校監面前提出打造智慧學校的方案，以互動科技把教育變得更為精彩，而最重要就是吸引學生和家長，逃過殺校的命運。

馬校長帶領校監們參觀學校的歷史課堂，朱 Sir 掃描萬里長城的 AR 圖卡後，隨即播放 360 度實景短片，還加插了相關的資料介紹和同學們的提問環節。

「未來教師會用更多創新科技進行教學，例如實時課堂提問及課餘練習系統等，以客觀的態度評估學生的表現。」馬校長興奮地解說各項創新科技的建議，校監們拍掌支持；數月後並成功得到辦學團體及舊生會募捐撥款，一座全新的智慧學校即將建成。

「資訊科技有效地幫歷史打破沈悶表象，變得更為精采，我知喎！」馬校長在學校舊生會的活動偶遇 Kenny，傍邊的朱 Sir 喃喃自語。馬校長從不知道 Kenny 在過去數月，聚集了過百位舊生，一起募捐費用及促成今日的智慧學校。

STORY 14

幣圈師徒配

市 場傳聞：暗網有人出一千個比特幣要 Elon Musk（馬斯克）終生閉咀。幣圈今日雞犬不寧，馬斯克幾句說話沽空比特幣，加上國內全面煞停加密／虛擬貨幣相關業務，市場氣氛急轉直下，一夜之間幾乎所有幣值均暴跌 30% 或以上。

　　「幣安都死機了」、「IFC 頂樓見！」這個由 Ronny 建立的炒幣群組今天異常活躍，眾人破口大罵馬斯克，版主 Ronny 卻在笑看風雲。這位炒賣加密貨幣的老手，曾經將整副身家投入 Bitcoin（比特幣），經歷歷史高峰 20,000 美元跌至近年低位 3,600 美元。他也試過參與期貨市場沽空的買賣，一日內輸掉 700 ETH（以太幣）。他的賭徒性格從沒改變，直至科技人 Garrick 的出現。

　　「你可以幫我寫個類似幣安的交易所程式嗎？」Garrick 對這些查詢見怪不怪，情況就如十多年前無數人士前來說要做個一模一樣的 Facebook。最後 Ronny 的交易所沒有寫成，兩人卻在探討的過程中真摯交流，成為好友並以師徒相稱。

　　「我知你不喜歡炒賣，算命師傅也說你不是這種命格；但我好想帶你入行，設立礦場、賣算力、場外交易全部都會教你，十年內必定過億身家。」Garrick 對師傅 Ronny 的說話受寵若驚，更專注研究虛擬貨幣的市場變化及投資機會。好不容易等到 Bitcoin 今年受到馬斯克出口支持下不斷破頂，Ronny 終於吐氣揚眉，但 Garrick 竟建議他

套現部分 Bitcoin，並趁市道低迷買舖收租。其後 Bitcoin 愈升愈高，Ronny 舖頭愈買愈多，並將部分轉交 Garrick 打理。

Ronny 有時心裏充滿疑問，明明自己是虛擬貨幣的炒家，為甚麼卻轉做了舖頭的生意？其時 Garrick 更提議另一建基於虛擬貨幣卻穩賺的生意。「搬磚？」「泡菜溢價？」Garrick 指韓國交易所內所有虛擬貨幣的價錢也高於外國，市場上更出現旅行團接載韓國人帶現金來香港買幣的現象，他提出建立韓國合作夥伴關係，創造「搬磚」獲利的模式。

「點解在風高浪急的炒幣市場，我們每次都是做利錢極少的生意？」Ronny 有點無癮，甚至覺得無聊及提不起勁。「愈動盪的市場，愈要使用穩陣獲利的模式。」Garrick 一直也堅持這信念，壓制自己不要炒賣。隨著愈來愈多人認識及追捧虛擬貨幣，Garrick 怕錯過搵大錢的心理壓力愈來愈大。

「成也馬斯克，敗也馬斯克。」Bitcoin 受到馬斯克青睞時，可以用來買電動車，一輪炒作過後，馬斯克轉而推崇 DOGE 幣，說會送 DOGE

上太空。Bitcoin 支持者、幣圈人不禁連聲咒罵，Ronny 也按捺不住，那晚在網台財經節目痛罵了三十五分鐘。

不久市場氣氛突然急轉直下，一夜之間幾乎所有貨幣均暴跌 30% 或以上，Ronny 身家帳面雖然縮水，卻避過了一劫。創業成功需要相互影響，科技人不懂炒賣，卻能教曉喜歡炒賣的人穩健的投資方案。

一個前輩教導後輩，後輩再影響前輩的創業故事真有趣。

STORY 15

喜氣洋洋

演唱會、餐廳、會員智能卡，三項看似風馬牛不相及的業務，曾幾何時經有心人整合出賺錢方程式，令各參與人士各得其所，真正做到娛樂、餐飲和科技共冶一爐。

「熱烈地彈琴熱烈地唱，歌聲多奔放......」慈善

演唱會贊助商 Sam 聯同一眾表演歌手唱出最後一首歌，司儀 Alan 同時宣布籌得善款合共一百萬元，全場情緒高漲，個個喜氣洋洋。「飲多杯！」贊助全場酒水的飲食天王 Ronald 突然衝上台，並向全場嘉賓祝酒，令 Sam 有點尷尬。Alan 見怪不怪，說了幾句打圓場的說話。

這個三方的組合一年前開始成型，專職公關的 Alan 那天在尖沙咀某甲級寫字樓成立慈善演唱會籌委會，目標為因受新冠肺炎疫情影響的人員籌措生活費。當日 Sam 和 Ronald 同為座上客，兩人不約而同也對音樂充滿熱誠。做科技生意的 Sam 因創辦智能卡打響名堂，承替各大小商戶記錄會員消費及賺取積分，佔市場超過一半份額；Ronald 來頭也不簡單，曾經在電視台推出飲食節目，和不同明星合資開餐廳，飲食天王之名不逕而走。

大會過後，Sam 和 Ronald 留下跟 Alan 作深入交談，Sam 派上自家研發的智能卡片，並表示有意合作，隨即邀請 Alan 成為智能卡推廣大使，在演唱會前推廣智能卡及抽取佣金；Ronald 的合作建議更誇張，他邀請 Alan 一起開設餐廳，並有歌手演唱，Sam 加入討論並建議餐廳內的演唱會作現場直播。三人興高采烈，新的商業模式亦由此誕生。

這個鐵三角組合成了逆市奇葩，打著慈善演唱會的旗號在餐飲界大受歡迎，不但每次也能找得贊助人或機構支持，透過智能卡系統提供折扣吸引顧客，成了餐廳市場推廣的理想渠道。最重要的是，做就了上台表演的機會給 Sam 和 Ronald。兩人樂此不疲，爭相成為演唱會的表演嘉賓，甚至出錢爭冠名贊助。

　　「我要領唱最後一首大合唱！」「我要同新進靚女歌星跳舞！」這晚 Sam 和 Ronald 為出場的安排爭拗得面紅耳熱，Alan 夾在中間不勝其煩，他下定了決心當晚要整治兩人。

　　當晚演唱會後的慶功宴上，Alan 拖着 Ronald 口中的新進女星出場，宣布慈善演唱會將世界巡迴演出，全場掌聲雷動。Alan 隨即推出優先合作計劃，Sam 和 Ronald 為着面子原因，爭取成為冠名贊助商。

　　Alan 喜氣洋洋的帶著巨額資金到海外發展。他不再需要智能卡，也不再需要飲食大王的支持；他與新進女星不再在香港出現了，此特別的生意模式從此消失於市場中。

STORY 16
聰明笨伯

城中名人：「創業成功不只是講堅持，而是要有方法。」他正出席電台直播節目，首次打開心扉直接和聽眾對話。有聽眾問他最慘痛的創業經歷，他說當日用錯了方法，犯了自視過高的毛病，更差點客死異鄉。

城中名人勸喻聽眾不要和太高智商的夥伴交手，在傍的主持人唯唯喏喏，城中名人開始說出他當上「蠢材中的蠢材！」的一段悲慘經歷。那年他還是一間電子產品生產廠商，每年研發多款新產品給外國客戶挑選，然後以貼牌模式銷售海外，賺取微薄的生產利潤。

　　當年由工廠自家開發及生產的電子相架非常暢銷，城中名人有時也會慨嘆猶太買家「食水太深」，導致工廠利潤偏低，他腦海曾經閃過按標籤直接聯絡美國客戶。城中名人已記不起是他主動還是美方邀約會面，他只知道在紐約酒店內同時見到猶太買家出現。城中名人被指控違背商業道德，他心裏一慌，對方開出懲罰性的條件也悉數答應，包括取消訂金及延長付款期限。

　　事後城中名人賒貨到美國，誰知貨到後猶太買家又以各種理由要求減價，最後雙方拉倒，他決定將貨物在美國入倉後再自行找買家。這次他不再相信猶太買家提供的標籤，遂直接在商場買下其貨品，然後按另一款標籤上的電話聯絡客戶。幸運的找到了最終買家，但最後才發現產品不符合美國規格。

　　城中名人如夢初醒，猶太買家不僅在美國更換

標籤，甚至將產品加工變為符合美國規格；這些情況城中名人一直懵然不知，他感覺自己蠢鈍如豬，痛恨自己一次又一次被聰明人玩弄；他本想硬著頭皮把貨品賣回給猶太買家，將損失減至最低。但在逗留美國期間突然鼓起勇氣，他要想辦法不要被人家看扁，結果找來了工程師把貨品在貨倉改裝，完全合乎美國標準賣給真正的買家，鬥志與勇氣可加。

城中名人在節目中聲淚俱下，旁邊的主持人好言安慰，眾多的聽眾繼續留言支持這個感人的創業節目。節目主持人遞紙巾給城中名人的相片在網絡上瘋傳，兩人的受關注度及支持度急速提升。

城中名人心如止水。他知道聰明的對手非常難纏，反而愚昧的蟻民正中下懷；他公司的股價節節上升，新產品備受追捧。那邊廂，節目主持人借助今次的直播節目，贏得了全城掌聲；助他糾纏數載的官司獲判勝訴，他開心不已，隨即約數位資優會的朋友晚飯慶祝，他同是聰明人，智商高達 150。

STORY 17
媽咪聯盟

終 於 KC 鼓起最大的勇氣，約太太初創企業《媽咪聯盟》的投資者 Conrad 出來，誠懇的為太太 Elisa 向這位伯樂道歉，希望他可以原諒 Elisa 過去一年多的胡作非為。

「她仆心仆命為咗公司發展，一個女人仔創業壓力非常大，去年更不幸患上情緒病。」KC 以

Elisa 患病為由，沒有注意把個人和公司的費用分開處理，甚至在 Conrad 注資兩年後還沒有整理好公司賬目。「我建議她可以休息一下，調理好身體才重新上班。」Conrad 體諒並決定暫時不再追究懷疑 Elisa 挪用公款一事。

「我希望 Elisa 可以全身而退，求你成全。」KC 突然提出以他個人補貼的方案，讓太太可以最快最簡單地離開公司。事實上《媽咪聯盟》在 KC 心目中屬於邪教，招攬眾多包括煩燥不安的新手媽咪作為教徒，傾訴在家庭中的鬱結，宣揚母愛的偉大，同時視丈夫和奶奶為邪惡的化身。KC 想趁此機會令 Elisa 退下邪教首領的崗位，甚至願意以港幣二十萬元作為補貼，由 Conrad 出口把 Elisa 辭退。

那個乍暖還寒的雨夜，兩男一女在某閣樓餐廳，Conrad 提出既往不咎及補償二十萬港元給 Elisa，條件是她離開《媽咪聯盟》；在旁的 KC 替太太欣然接受，同意這是最理想的解決方案，並笑說他明天回公司申請假期和 Elisa 一起出外遊玩。「點解唔還價？你認為我一定會接受嗎？」Elisa 在回家的路上埋怨丈夫 KC 沒有為她多爭取，更說她多次 claim 公司開銷也是用在家庭和

小朋友身上。KC 啞子吃黃蓮，有苦自己知。

「我們支持您，不能輕易離開。」「媽咪聯盟是您的另一個 baby，怎能拱手相讓。」「媽咪能戰勝歸來！」「還價十倍，絕不退讓。」教主 Elisa 當晚開 post 抒發情感，竟然得到近千媽咪回應支持，更有指她不要做「女版喬布斯」，被迫離開一手創辦的企業後鬱結而終；Elisa 被眾多支持者鼓勵令她異常感動，她充滿了力量，翌日主動向 Conrad 提出最低的補償價是港幣二百萬元，少一毫子也不會接受。

巧婦難為無米之炊，大丈夫當盡守邊之責；可惜彈藥不夠，糧草殆盡，打工仔 KC 又何來港幣二百萬元擺平事件？男人之苦，不足為愛人道。KC 東撲西借，仍然未能在短時間內籌得足夠資金，期間 Elisa 和 Conrad 關係更趨惡化，媽咪聯盟建立了支持 Elisa 的群組，集中力量向 Conrad 攻擊。兩人勢成水火，KC 已沒有辦法再力挽狂瀾了。

數星期後爆出了一段新聞，媽咪聯盟創辦人遭其創辦的公司入稟法院，稱 Elisa 在獲得新投資者注資後，漠視與投資者一同訂立的協議，暗

中從公司支取款項。Conrad 和 Elisa 最終對簿公堂。

　　「如果你太太生完小孩，萌生創業主意，以吸引媽咪作為目標對象，記得第一時間支持佢——唔好做。」KC 在電台節目分享創業與家庭之道，潸然淚下。

STORY 18
天才兒童

主持人介紹「他圓潤，卻巧奪天工；他善變，卻造福社群。他擁有十八般廚藝，煎炒煮炸瓣瓣精通，他能否成為今晚冠軍？仍是未知之數，但是可以肯定，少年廚神這稱號，他一定當之無愧。」當年只有十四歲的 Matthew 贏盡全場掌聲，這胖小子在鏡頭前承諾未來以廚藝創一番大事業。

　　另一位進入決賽的參賽者 Jayden 年僅十歲，卻有超乎常人的記憶能力，《唐詩三百首》琅琅上口，詩詞歌賦過目不忘，令人嘆為觀止。主持人問 Jayden 未來大計，他如背誦般說出：「我會編寫一套記憶心法，協助小朋友解決學習上的困難，目標在各區開設教育中心。」四眼神童年少志高，令人鼓舞。

　　當日大會邀請一眾名人擔任評判，包括某明星之女兒 Christy，年紀小小的她口才了得，大贊胖小子 Matthew 煮出的菜式食得她感動流淚，建議他邊學邊儲蓄資金，自立門戶開創自己品牌的食店。到給 Jayden 評語時，小姑娘鼓勵他在學時創業，盡早開辦記憶課程，以身作則為全港小朋友謀福祉。

　　當晚兩位小朋友均贏得天才兒童的美譽，並從 Christy 媽咪的手中接過獎項，兩個家庭開心不已，準備為小朋友迎接燦爛美麗的星途。Matthew 比賽後不久就收到當日在場嘉賓的合作邀請，以「少年廚神」為新品牌食店作招徠，期間他的家人更出資合組公司，Matthew 成為全港最年輕的創業家。Jayden 在 Christy 母親鼓勵下，開始編寫一套記憶心法，並由 Christy 作為代言人，大受教育界及家長們歡迎。

小小年紀的 Christy 志願是做音樂家、舞蹈家及時裝設計師，在母親的扶持下，差不多樣樣皆精，多才多藝，最終更在母親悉心安排下，成為多間品牌及兒童記憶力公司的代言人，風頭一時無兩；數年後，大部分顧客只認識 Christy，沒有人再提及 Jayden 了。

　　那邊廂，Matthew 和家人幾經努力下，第一間旗艦店快將開幕，卻傳出牌照上出現問題，要再投入大量資金做裝修補救工作，然而一拖就是數年，最終在資金鏈斷裂下，由 Matthew 申請個人破產解決風波。他可能是最年輕的創業及破產人士。

　　那天晚上在 Christy 母親公司的周年晚宴，剛煮完餸行出廚房的 Matthew，偶遇 Jayden 沈默地在人群中一角食飯，四目交投，感觸良多；其後抬頭望向 Christy 衣著華麗地在台上表演彈琴跳舞。

　　天才兒童那一晚終於長大了。

STORY 19

三個抗疫的中年（上）

夜幕低垂，華燈初上，2020 年尖東聖誕燈飾比不上當年的璀璨亮麗，口罩聯會會長 Raymond 心情亦比去年暗淡。電話響起，他不情不願的接聽。「是！我在尖東海傍在同一位置。我等你。」Raymond 着司機讓他下車，他剛剛辭任了會長，感覺鬆了一口氣，回想當日在海傍同一位置，卻有截然不同的想法。

時間回到 2020 年初，Raymond 與生意拍檔將一間閒置廠房改裝成口罩工廠，大老闆重新再拿起工具箱研究口罩生產，其後為旗下公司職員、家人和朋友供應口罩，並送給慈善機構，為人津津樂道。Raymond 同時響應人氣爆燈的口罩博士 Dr. King 召集，拉攏十數個口罩廠商成立口罩聯會。結果一呼百應，成立當天在預算坐一百人的會議室，卻擠滿超過三百人。

這位慈善家帶頭捐出大批口罩造福社會，眾望所歸被選為會長，而 Dr. King 身兼顧問並推選女助手 Kelly 作為義務秘書，各間口罩廠翹楚出錢出力並擔任聯會要職，眾志成城。

Raymond 會長風頭一時無兩，與 Dr. King 頻頻接受訪問，講出口罩業未來願景，為政府「工業 4.0」藍圖作領頭先峰，更承諾這個危急關頭承接政府定單，快速大量生產本地口罩，紓解民困。

可惜事與願違，政府定單只聞樓梯響，出口美國又被加上國內標籤；同行埋怨聯會會長 Raymond 愛出風頭，加上 Dr. King 口沒遮攔，義務秘書 Kelly 又自把自為。Raymond 吃力不

討好，多次更被人惡意批評，他不停解釋，又要化解會眾與 Kelly 每日的唇槍舌劍，疲於奔命。

那天早上，Raymond 和部分會員參加口罩展銷活動，他好不容易才爭取到商場理想的位置，Kelly 卻只安排小學生細小的書枱作擺賣，令參展廠商狼狽不堪，貽笑大方。

Raymond 為平息眾人怒氣，特別安排中環展銷活動，並以其關係替會員爭取出口大定單，Kelly 卻要求參展會員同時要在僻靜的工廠大廈擺檔，結果引來軒然大波，會長和義工淪為被指罵的對象。

「創業難，搞聯會更難，創業同時搞聯會難上加難！」Raymond 多次和 Dr. King 談到如何平衡商業利益和會員福利。殊不知那天一夕對話，他才得悉口罩聯會仍未完成非牟利組織的登記，現時只以有限公司模式運營，公司董事只有 Kelly 和一些不知名人士。

顧問 Dr King 承認聯會行政混亂、帳目不清，Raymond 卻成為眾矢之的。他今天振臂一呼，決定不再糾纏並辭任會長一職。

Raymond 望着尖東凋零的聖誕燈飾，耳邊沒有響起聖誕鐘聲，卻彷彿聽着另一首老歌：「天意差錯誰可補？一切遭遇誰擺佈？」

　　的士駛近，下車的 Dr. King 聳一聳肩並說：「Raymond，為何你還是這麼衝動？無變過，辭職無補於事。」Raymond 猛然回應：「即是你變了，你望望這張相才說。」Dr. King 面色一沉，兩人瞬間無言以對。

STORY 19

三個抗疫的中年（下）

上回講到，人生如戲、戲如人生。演員未能抽離角色後果隨時不堪設想，讀演藝畢業的口罩聯會公關 Kelly 經歷同一遭遇 ── 她做事過分投入，對自我和他人形成了一種壓迫感，包括她的恩師 ── 口罩博士 Dr. King。兩人由共同創業、發起口罩聯會，至今卻形同陌路。

「我讀 Performing Arts 的，喜愛觀人於微。香港病了，我希望能出一分力，燃燒自己、照亮別人。」Kelly 的熱誠當日深深打動 Dr. King，兩人一拍即合，決定在口罩業這個風口創一番事業。Dr. King 更經常形容他和 Kelly 是香港的亂世兒女。

2020 年初，香港確實病了，新冠肺炎疫情令社會移風易俗，市民不再行街食飯；飲食業、零售業損失慘重；市場推廣、公關行業等亦相繼裁員甚至倒閉。Kelly 畢業後輾轉進入公關界，在娛樂圈和社會上建立一定人脈。她在疫情初來襲時，以其人脈關係訂到口罩為身邊人應急，備受友儕讚賞；然後她再一步步攀上去，成為香港最出名的「口罩公關」。

口罩業最有趣的地方是絕大部分老闆原本都不是製造口罩，Kelly 認識眾多老闆，一百個之中總有幾個突然開設口罩廠；Kelly 發揮公關本色，主動接近及替他們招攬兩個包括區議員、大機構的採購定單。她一手掌握客戶，另一手則吸引貨源，不到兩個月，Kelly 開設的公關公司漸露頭角，不知情者還以為她代表着跨國的公關企業。

機會是留給有準備的人。去年夏天，Dr. King 以自己數十年累積的知名度號召成立口罩聯會，Kelly

亦看準機會自動請纓成為博士的新聞公關。 她在聯會籌備期間經常與博士同場出現，儼然就是博士的代言人。隨着聯會籌備成熟，Kelly 更幫手籌備宣傳活動，包括安排廠商參展等，一切皆是無償義工工作。Kelly 一直咬緊牙關捱下去，為的就是要成為行內公認的一姐。

好心未必有好報。正當聯會籌備一次大型的募捐口罩活動期間，Kelly 媽媽突然不適入院；疫症期間份外危險，但家中私事又怎可以影響聯會運作？豈料有些廠商只看到 Kelly 安排不周，竟投訴她群組信息已讀不回。Kelly 最終按捺不住，怒火中燒，在群組中大罵特罵，眾人為之咋舌。

另一次展銷活動中，Kelly 安排廠商租用攤位，竟配以一張小學生書枱作銷售，老闆情何以堪，更連累會長 Raymond 被投訴失職；而 Kelly 以節省金錢為由在群組與參展商對罵，更把她口中的滋事分子踢出群組；火燒連環船，愈來愈多會員感到不滿，敢怒卻不敢言。

及至後來，Kelly 在中環口罩活動向會長 Raymond 逼宮，更把 Dr. King 牽涉其中，口罩聯會正式撕裂；其後會長與創辦人相約尖東海旁對質，

令人不勝唏噓。Raymond 辭掉了會長的職務，Dr. King 也決心引退由他一手創立的口罩聯會，最後兩人為未來作出個抉擇，就是聘請資深人員經營聯會，繼續肩負香港防疫的使命。

「我讀 Performing Arts 的，喜愛觀人於微。香港病了，我希望能為香港出一點力。燃燒自己，照亮別人。」Kelly 前來應徵聯會的新聞公關，她指出她是口罩界最出名的公關人員。

STORY 20
網購驚魂

近日，有個全新網購平台大賣廣告，以促銷第二件貨品招徠，這個只接受貨到付款方式的網站，背後原來大有玄機。如果有一天，送貨的人是你熟悉的朋友，同時提出特別的要求，請不要大驚小怪，因為你將來可能會做着同樣的事情。

剛失業的 IT 人 Edwin，正考慮跟友人在網上創業，他積極在研究不同網店的營銷策略，至近日被名為 omgbuy.com 的廣告洗版，其銷售手法吸引了他。「這款數碼高倍夜視望遠鏡，第一件是 $329，第二件只需 $99！」Edwin 想到邀請友人共同購買，他發現在網站購買任何第二件貨品均非常超值。往往是原價的 1/3、甚至 1/4。

　　omgbuy 網站最吸引之處是每款產品均配以精美的圖片及短片，例如號稱日本黑科技的「LED 行動電源強光手電筒」，標榜有效射程為 5,000 米，配上電筒照亮整條街的短片及相片，奪目耀眼。縱使售賣電子產品的友人估計，那可能只是電筒同時開啓了紅外綫 LED，使夜視功能拍攝出來的效果活像光芒四射；但他不得不承認配合促銷價 $99 的策略，令人馬上產生購買的衝動。

　　Edwin 一口氣買下了數款熱賣產品，並接受網站唯一貨到付款的方法，定單確定了。數日後，送貨上門的竟然是他的女友 Emily，他感到有點驚訝;而 Emily 放下貨物後，二話不說便離開了。Edwin 打開貨件可說由驚喜變為驚嚇，產品外觀及功能與網站上看到的相距甚遠，甚至可以說是

劣質的貨品。突然他收到了女友的電話，叫他一定要在網站給予好評。

　　時間回到一星期前，Emily 在友人介紹下認識 omgbuy 網站並曾購買衣裙，當她收到由女友人送上的衣裙後，卻認為貨不對辦，但她沒有聽女友人的勸告，並決定在網站留下劣評，惡夢亦隨之而來。先有夜半來電要求她立即刪除劣評，但 Emily 沒有理會；繼而是深夜的短訊並威脅說：「我知道妳的公司地址和住址，妳要承擔後果。」

　　Emily 心裡有點發慌，但不想妥協，最後決定換了手機號碼，以躲避這些騷擾。一周後，她收到了兩個包裹，打開後嚇至花容失色，一包是黑色的壽衣附帶驚悚的花圈；另一包就是男友 Edwin 訂購的貨品，並着她馬上送給 Edwin 否則對他不利。

　　Emily 哭成淚人，她知道男友也被人邀請進入這個網站購物。她不想連累男友，更開始想息事寧人，因她相信這網站掌握了她和 Edwin 網購的資料，絕對有可能做出對他們不利的事情。Emily 決定刪除所有劣評及把貨件送給 Edwin，

並著他必須留下好評。Edwin 百思不得其解，但他相信一切與網站有關。

作為 IT 人的 Edwin 遂在網上調查這個域名，但徒勞無功；最令他震驚的是，omgbuy 的域名是從來沒有註冊的！Edwin 腦海一片空白。他記得要把多訂一件貨品送給朋友，並且叫他一定要對網站留下好評。

Edwin 決定不再開設網店創業了，更從此不會在不知名的網站購物。

STORY 21
空姐的天空

「Hi, my name is Michelle from Hong Kong！日後我唔可以再用空中服務員身份講：『好高興喺航班上與您見面，期待為你帶嚟一次舒適愉快的旅程！』不過，我仍然希望各位日後旅途愉快。各位乘客，thank you for the flight！」

空中服務員 Michelle 在社交媒體刊登了離職消息，過去數周不斷有朋友慕名而來，借助她過往空姐的身份尋求合作。當中有金融保險業、也有地產代理，甚至口罩工業；最特別的是一間魚菜共生的公司負責人邀請 Michelle 賣魚，令她哭笑不得。新冠肺炎疫情影響航空業界，她和幾位空姐好姊妹年初已經為前路密謀打算。

與 Michelle 同期入職的 Angelina 曾應徵某中環公司的兼職行政助理，她工作不久見公司邀請了大批記者，然後那位如小丑般的老闆堆滿笑容說：「空姐無工開，我為她們提供多一門出路。」他指着 Angelina 並說要求這班空姐必須對金融及成就感到貪婪，更要願意接受他每星期一晚的專業訓練，並持續三個月。這小丑老闆的說話引起全場嘩然，Angelina 感覺被人用作宣傳工具，翌日決定辭職不幹。

另一位樣貌標緻的空中小姐 Jocelyn，報名參加模特兒培訓課程，她在一次外出攝影中被攝影發燒友團團圍住，更有龍友胡亂指她五官及身體部位僭建，令她非常氣憤。「空姐長時間在空中飛行，一定係貨真價實。」Jocelyn

與兩位好姊妹茶敘時淘氣的說，眾人哈哈大笑；不過她雖然喜歡拍攝，但卻害怕面對大批群眾。

Michelle 在三年前已經開始經營代購，透過 Facebook 和 Instagram 等社交平台吸引客源，替客戶在世界各地搜羅心頭好；喜愛繪畫的她前年更成立了藝術者社群網站，分享創作同時販賣商品，可以說是有經驗的網上營銷專家。Michelle 間中會打趣地說：「網上購物加唱歌跳舞有無得搞？」好友便會說：「無得搞。」大家也清楚航空服務員工作不定時，無法專心做好一門生意。

「最壞的時候也是最好的時候！」Michelle 向兩位好姊妹 Angelina 和 Joycelyn 提出現時可能是最佳的創業時機，而空姐的身份不應該被他人用作消費。她們看準了網購的新潮流，順應時勢成立了 KOL 直播帶貨新公司。

如果有一日你見到三位嬌滴滴女子在網上直播賣魚賣菜，不要大驚小怪，她們可能是曾經在空中為你服務的空中小姐，現已搖身一變為非常貼地、多才多藝的意見領袖，透過雲端為大家繼續服務。

STORY 22
失業奇兵

妻子說：「你要創業？我不贊成！」Priscilla 反對丈夫 Norman 離開工作十多年的跨國企業。「創業一直是我的夢想，當年爸爸憑一門手藝白手興家，在國內擁有過千人的工廠，我也希望能闖出一番事業。」Norman 解釋着。「過百萬年薪不賺，卻跑來創業燒錢，你是不管這個家了嗎？」Priscilla 以家庭作威脅，但半年來仍改變不了丈夫創業的決定。

時間回到七十年代，人稱「絲印陳」的 Norman 爸爸初中畢業便投身社會，當上絲網印刷學徒，年輕時他無師自通，學懂絲印、移印和轉印等技術的竅門。絲印陳其後自立門戶，八十年代往國內設廠，承接絲印加工及印刷機械製造的生意，高峰期東莞的廠房擁有過千工人，出入有司機接送；絲印陳當年坐擁廠房地皮，是香港人北上成功創業的好例子。

那個年代，十萬個年青人，只有千多個可以進入本地的大學，而 Priscilla 的爸爸 Uncle Ray 便是其中之一。他於港大畢業後加入外資銀行工作，後晉升為執行董事，是「絲印陳」的客戶經理。他常笑說：「我們讀書成績好的，反而獻身公務員或專業人士，讀書不成的卻當上了大老闆。」那年 Uncle Ray 批出五千多萬港元銀行貸款給絲印陳的工廠，準備進軍東南亞市場。

他們兩家關係要好，更經常結伴外遊；Norman 與 Priscilla 青梅竹馬，男方大學畢業後投身跨國企業任主管，工作五年後便跟女方情定終身，兩人婚後育有一名女兒，Norman 其後在跨國企業躍升為總經理，年薪過百萬元。Priscilla 婚後相夫教女，一個幸福模範家庭的典

範；但有一件事這小女子對父親 Uncle Ray 一直耿耿於懷。

「你要創業？我不贊成！」Priscilla 媽媽反對丈夫離開工作十多年的外資銀行，但 Uncle Ray 當年一意孤行，決定與絲印陳一起打江山，開拓東南亞的新市場。不久他更離開了香港，在越南、柬埔寨、泰國等地推銷絲印陳工廠的機器設備，跟家人聚少離多。Priscilla 百思不得其解，為何男人可以放棄家庭而盲目去追尋所謂的夢想？她憎恨他的爸爸拋妻棄女，並發誓未來絕不容許自己的丈夫踏上所謂創業之路。

九七年亞洲金融風暴摧毀了整個東南亞市場，絲印陳及 Uncle Ray 的努力付諸流水，各地的客戶相繼倒閉，他們被拖欠過千萬美元的款項。絲印陳在銀行累積的貸款未能償還，被迫賤賣廠房及物業；他們處理好銀行的債務，卻未能安頓國內的供應商；兩人不久在人間蒸發了，有說他們躲在泰國的村落，又聽聞他們準備在越南東山再起。

十數年後，Uncle Ray 再度出現在 Priscilla 面前。他哭著的說對不起她們兩母女，他更說出

自己從一個備受重用的銀行高層，到被暗示錯批貸款給絲印陳而要離職，是旁人難以體會及想像的。Uncle Ray 說寧願向她們解釋為創業圓夢才主動請辭。「自尊！自尊！男人要的就是自尊！」Priscilla 聽得心裏在發慌，她想飛奔回家向老公 Norman 問個明白。

　　「你是否以創業作藉口掩蓋失業？」Norman 起初否認，但在 Priscilla 追問下終於點頭承認。「不用怕！我們永遠支持你、相信你的。」半年來 Priscilla 首次放棄埋怨，並陪 Norman 踏出求職的第一步，先解決失業問題，創業一事就會不刃而解了。

　　「行到水窮處，坐看雲起時！有失必有得，別給命運戲弄。」絲印陳穿上整齊的保安員制服，上班前勉勵兒子 Norman 要重新振作，鼓起勇氣，大步向前。

STORY 23

會員系統

收銀員問:「你是不是會員?需要儲分嗎?」Chester 輕聲回答說不用了,在傍的女伴卻搶著回應:「我要!」隨即舉起手機給收銀員。嘟一聲,手機自動加入了數千積分,她同時查詢今期可換領的餐券。「我較早前儲分成為尊貴會員了!」女伴興奮的說。Chester 手心冒汗,欲言又止。

「登記做會員即送軟雪糕！」Chester 在火車站出口嗌得聲嘶力竭，當年他邀請讀電腦科的弟弟 Charlie 一起創業，兩人設計了一套餐飲積分系統，以餐廳收據為儲分計算，換領其他加盟餐廳的優惠。整個推廣計劃先在某工業區試行，反應理想，更帶旺當區餐廳晚市的生意。

兩兄弟的 Startup 不斷膨脹，半年間加盟的餐廳由數間增加至八十多間，公司招聘了十多位同事，氣勢如虹。「餐廳一般提供 8 折優惠不算吸引，我們的利潤也有限。」業務員 A 建議跟餐廳商議更大折扣優惠。「我們提供更多推廣方案達到多贏局面。」業務員 B 支持爭取更多生意商機，從而增加佣金收入。Chester 和 Charlie 兩兄擬建立一套更完善的電腦系統。

「怎可能食車仔麵的收據也能換取我們高級法國餐廳的 8 折優惠？」擁有三間高級餐廳的蔡老闆不滿意，並要求 Chester 推出會員制度，防止把檔次較低的會員帶到他的高級餐廳去。Charlie 在系統把十數萬位會員分為九個檔次，再按餐廳的價格配對相關的互換優惠。諷刺的是，Chester 發現自己竟然是最低檔次的一群，而公司一班業務員卻落在最高檔次的群組。

「蔡老闆願意提供 4 折優惠，條件是我們必須推出現金券。」業務員 A 和 B 努力游說 Chester 先墊支購買現金券，以換取更高的折扣優惠，眾業務員承諾可包底及於短時間內賣出過萬張；Chester 認為可行並着 Charlie 在系統上針對最高檔的客戶作銷售。他當日壓上了和女友聯名的房子，換取近八百萬元港幣作為購買餐廳現金券的本錢。

那天晚上，Chester 和女友首次享受蔡老闆高級餐廳的燭光晚餐，更在同事鼓勵下開了名貴的紅酒並向女友求婚。酒過三巡，蔡老闆大贊 Chester 有勇有謀，笑說自己當年創業也是富貴險中求。「到底甚麼回事？我們按樓了嗎？」女友當晚哭喪著臉問道，Chester 無奈如實的告知，保證婚後將會有上等人的生活；他更打開電腦指着最高評級的會員專區。

人算不如天算，兩兄弟的如意算盤未能打響，大部分同事相繼離職；不到一年，公司因周轉不靈而倒閉了，Chester 欠下一屁股的債，女友亦離開了。他埋怨出身低下階層的女友無情無義，發誓以後找女友必須找個有錢人。Chester 為了還債，把整個系統賣了給蔡老闆的連鎖餐廳集團，而他最後也做了一件事，就是把最尊貴的女會員資料記錄下來，開始尋覓及結交新女友。

近日 Chester 好幾次埋怨 Charlie 並指他設計的尊貴會員系統有誤。「每位尊貴女會員都係金玉其外的。」Charlie 指會員系統沒有出錯，但會員行為就未能糾正。

「從來付錢的都是男人，儲分換禮物的都是女人。」Charlie 說出了重點並着 Chester 不要再想娶個有錢人了，還是努力做好自己吧。

STORY 24
口罩反擊戰

自從新冠肺炎疫情爆發，香港的口罩廠如雨後春筍，保守估計也超過一百間，當中更吸引了在美國矽谷創業的 Alvin。他放下在美國創新科技的生意，回流香港設立口罩廠，為的是要引證他一直藏在心中的創業理念「商場如戰場！」

「借時事話題先贏大眾的注目。」新聞公關 Sammy 率先提出。「無錯！要突圍而出，最重要就

是有話題性。」Alvin 與一般「廠佬」心態不同，在美國創業圈遊走多年，他有一套策略贏取客戶；今次他特意找來新聞公關 Sammy 及商借測試機器，檢驗政府的「銅芯口罩」並開放參觀廠房，成功在四月底捕捉了大眾的眼球，小勝一仗。

「網上帶動網下？還是綫下帶動綫上生意？」口罩銷售平台負責人 Koey 好奇地問他。「你話打仗完全用飛機空襲？還是要地面部隊配合？」Alvin 答得風趣幽默。事實上，口罩網上銷售在四月起已經被各大社交媒體平台封殺了；Facebook、Google 等宣傳途徑都禁止發布口罩廣告，但有些廠商仍鍥而不捨嘗試避開審查賣廣告，結果當然事倍功半。

「轉直銷，將樣板跟宣傳單張一併寄給潛在客戶。」Alvin 像在指揮一支軍隊，不斷變陣爭取最大市場，此方法成本增加了，但目標客戶精準，回報比綫上廣告好得多。與此同時 Alvin 專注在款式上贏得市場份額，包括推出不同的顏色、漸變色甚至引入韓式立體口罩機，做出獨當一面的港產立體口罩。

「Alvin 看似戰無不勝，但卻曾經輸給他口中的戰友，一個口罩銷售平台創辦人 Koey 」Sammy 在旁搖頭嘆息。他望着色彩繽紛的口罩，想起了 Koey

假扮誠懇的模樣。「我們是彩虹戰隊，我在前綫衝鋒陷陣，你在後方全力支援。」每次 Koey 也買很多小禮物送給工廠同事，帶起團隊精神。當合作兩個月及拿到 Alvin 的信任，Koey 便開始拖數，數十萬的欠款差點拖垮工廠的營運。有說 Koey 投靠敵人，但 Alvin 相信她應該是找到下一個「目標」。一朝被蛇咬，Alvin 再不相信網商了。

此時零售店舖結業潮導致租金下降，Alvin 終於開展地面戰了，他決定在尖沙咀開實體店，讓客戶自己挑選款式，客戶既有 Shopping 體驗也馬上買到特色口罩。專門店亦成為新聞的焦點、在大眾間口耳相傳，在鬧市放置了一個活生生的廣告牌。當大家以為實體零售已死，最終卻發現原來網下推廣才可以帶動網上的生意。

在一街之隔的海防道，另一口罩廠的旗艦店也即將開幕，Sammy 彷彿看見 Koey 的蹤影，Alvin 決定來一場「帝國反擊戰」，也許口罩界的戰國時代即將來臨。

STORY 25
南美啟事錄

香港有位創業家鍾情南美洲文化，他甚至把名字改為「山齊士」Sanchez，一個當地人熟悉的名字，跟當地人彼此打成一片。山齊士廿多年前加入某大外資貿易公司，被編排到南美洲專注百貨公司的部門，自此與拉丁美洲結下不解之緣，更譜寫了創科的一點歷史。

山齊士當年負責 Dollar Items，有點似香港的十元店，包羅萬有的商品，供應給數千間當地的百貨公司促銷，包括美國某大成衣製造商 Almond 的貨品。兩人經常結伴穿梭於南美洲各地，在各大購物中心監測銷售情況，而山齊士的首個創科發明亦由此而生。

　　這邊廂，燈火通明的購物商場正在進行促銷活動，偌大的外牆玻璃有工人以繩索吊架在清潔中；那邊廂，貧民窟的小女孩們正在玩花繩，幾雙小手巧妙把繩索做出不同的圖案，不亦樂乎。唸工科的山齊士看在眼內，靈機一觸，他想可以利用繩索在房屋四角相連，把機械人吊在中間便可在不同角度，進行牆身外面的清潔工作。

　　「我們可利用繩索的柔軟性，設計出高速度及高效能的機械動作。」山齊士把這個構思告知 Almond，兩人傻呼呼在工廠外牆四角，築起繩索的驅動及控制裝置，牽引中間的小型機械人。「那小傢伙活動自如，還能準確的停在設定的位置上。」兩人大喜，Almond 更投資了點資金讓山齊士繼續研究，其後更得到美國大財團收購，兩人寫下了光輝一頁。山齊士其後移居墨西哥，生活愜意。

「山齊士，我們集團剛投得金融支付牌照，並準備在零售市場大展拳腳，有興趣幫忙嗎？」Almond 非常掛念這位有諗頭、有執行能力的舊拍擋；殊不知他不單馬上答應，還把拉丁美洲的新興的消費文化帶出來，在這經濟下滑的時機大展拳腳。

「分期付款是墨西哥市民非常熱衷的消費方式，即使他們收入低，又沒有儲蓄的習慣，但也願意分期付款、花錢消費。」山齊士磨拳擦掌，決定將這幾年在南美生活體驗，跟好拍擋 Almond 一起勇闖平價生活百貨營銷市場。

新冠肺炎疫情肆虐全球，經濟急速滑落，未來的生活百貨市場將會競爭激烈；不過山齊士和 Almond 累積豐富 Dollar Market 的運營經驗，再加上他們全綫百貨企業的貨品，大件家庭電器、小至服裝鞋帽，貴價珠寶首飾，平價生活用品，均能以分期付款進行交易，刺激消費。

全球收購合併熱潮持續，而兩位創業家也合併在一起，山齊士和 Almond 結為夫婦，舉行了拉丁美洲式的婚禮。未來雖然是未知之數，但兩人卻充滿信心，全球百貨市場肯定將掀起一番龍爭虎鬥。

時勢英雄

時勢做英雄，還是英雄做時勢？創業家 Terrence 從來沒有深究；他曾經相信以知識改變命運，期望窮一生努力成為創科英雄，但經過多年嘗試未竟全功。Terrence 更發現在這個保守的社會，要以科技創新改變現狀有點不切實際。他永遠無法忘記在某次金融科技論壇被眾講者揶揄的一幕。

「開放銀行（ Open Banking ）」為金融機構帶來數據革命，我建議銀行可以透過開放 API（流動應用程式）與第三方服務供應商共享，給市民帶來最大的方便。」Terrence 以講者身份代表初創企業，提出傳統銀行應以開放態度迎接未來挑戰；他同時介紹自家研發的區塊鏈（ Blockchain ）信用卡平台，認為香港金融機構應提升用戶提驗、促進競爭，才有望帶來更多元化的服務及優惠。

「你當香港銀行係無掩雞籠嗎？怎麼可以隨便把資料公開及拿走？」台上另一位講者 Dr. Loretta 突然發難，狂轟 Terrence 的開放式方案不妥，嚴重損害香港銀行業利益。這位過氣的傑出青年甚至在台上，訴說自己當年怎樣建設香港，她絕不容許年青人以創新為名，擾亂香港行之有效的金融制度。其後台上其他講者也相繼發言炮轟 Terrence，指他創新不足、破壞有餘，令他非常難堪。

「很高興在上周的論壇與你認識，深深被你的前瞻性吸引。」Terrence 在研討會後數天收到一個改變他一生的短訊，會計師 Lewis 其後得到 Terrence 誠邀，與他一起到外地發展。「你有聽過 Startup 移民計劃嗎？就是藉創新項目申請移居外地。」Lewis 指自己是會計背景，沒有創業及科技研發的經驗，希

望可以與 Terrence 合組公司，以其區塊鏈信用卡項目申請移民。

　　兩人一拍即合，合組公司參加當地的創業培育計劃，並推介開放銀行服務。「開放 API 對市民的最大好處，是可用更簡易的方式，在第三方平台查看不同銀行產品資訊，同時進行格價，有望推動銀行推出更多優惠搶客，甚至引發減價戰，使客戶受惠。」兩人經過數月的培育計劃，表現頭頭是道，研發項目更獲機構推介，其初創企業成為薄有名氣的 innovator，兩人各自的家庭也成功移居當地。

　　聰明的 Lewis 和 Terrence 更當上了移民顧問，協助其他人士以 Startup 計劃移居當地。那天兩人回港在酒店與一位顧客會面，卻令他們大吃一驚，顧客竟然是 Dr. Loretta。她劈頭第一句便說：「金融人最叻計數，我覺得你們這個計劃是成本最低、時間最短的。」她希望兩人可以協助她及她的兒子，以創業計劃移居外地。

　　在這個人心難測的年代，始終雙腳是最誠實。Dr. Loretta 和兒子加入了兩人的 Startup，全力在當地推廣開放銀行業務，推廣區塊鏈信用卡平台的應用。Terrence 在兩人心目中是真正的創科英雄。

STORY 27
無線充電器

「我」人生的目標，就是要幫人醫好病痛。」年近七十歲的梅姨，熟練地推介一款新的健康床墊，號稱可以百病全消，她更送贈給街坊試用。自從 Ricardo 媽媽梅姨加入遠紅外線醫療公司後，彷彿變了另一個人：非常積極的約會朋友，跟以往沈默寡言的性格截然不同。

「這是我人生的新階段，希望可以幫助更多朋友。」梅姨自從被邀請試坐半小時遠紅外線醫療椅後，感到身心疲累盡消，更被友人游說加入成為銷售經理。「媽媽，為甚麼儲物櫃有幾十張遠紅外線床墊？」Ricardo 某日回家有驚人發現，梅姨指經理級需購入一百張，並指大部分已經有人預訂。Ricardo 相信媽媽已經墮入了傳銷陷阱。

　　翌日，他夥同弟妹直搗巢穴，當面跟醫療公司負責人對質，卻被指上門搗亂，公司負責人報警處理，場面尷尬。讀法律的他其後研究媽媽簽署的各項文件，卻驚人發現梅姨並不是公司的員工，只是一間空殼公司的自僱人士，這醫療公司並不牽涉任何的法律責任，Ricardo 媽媽真的在開創自己的事業。

　　往後執業成為律師的 Ricardo，主要協助企業融資及策略方案。最近他的一位客戶 Vincent，正在煩惱怎樣推銷其最新發明：無線手機應急充電器。「這部機共有六個充電器，無線充電之餘更提供 Wi-Fi 服務，是市場上最新的，一定大受歡迎。」創業家 Vincent 興致勃勃的向 Ricardo 介紹。

　　「你以為好嘢就一定受歡迎？最難的就是商業模式，為甚麼商店要放這部機？對其他持份者有甚麼

好處？」Ricardo 的當頭棒喝，令 Vincent 如夢初醒並提出可以用傳銷方法。「這是犯法的行不通，但我有一個方法可以幫到你，既可用口碑人傳人推廣，又可以令商戶受惠。」Ricardo 蠻有信心的說道，他並以此計劃修補他與媽媽的關係。

　　一個月後，市場上湧現了一款名為「應急充」的金融產品，由梅姨公司負責出售電子產品部分及賣斷給客戶，然後 Vincent 公司向客戶租回來放在各間商店，並跟商家分享電池租借費用，買金融產品的客戶每月得到高息回報，商家更可以在機上免費賣廣告，達成了多贏局面。Vincent 同時收取客戶的按金，流動資金變得充裕，首次創業超額完成。

　　「我人生的目標，就是要幫人應急充電。」Ricardo 學著媽媽的當日語氣，聲稱手機無電難以生存，兩母子哈哈大笑。最後 Ricardo 補充一句：「創業當然是做莊好過做閒啦！」Vincent 大拍手掌，三人同時在那餐廳租借了無線充電器。

間諜時代

老闆 Donald 在公司會議室向工程師 Victor 問「你有沒有做過對不起公司的事?」「沒有!」Victor 堅定不移的回答;然後 Donald 怒氣衝衝指出,僱員合約定明,員工不能承接跟公司有業務衝突的 freelance,他更聲稱已搜集 Victor 違反合約的證據。兩人互相指罵,爭拗得面紅耳熱。

「我只是在放工後參與防疫消毒的工作，是出賣勞力的，跟日間工作完全沒有關係，哪來違反合約？」Victor 不忿的回應，但 Donald 指公司有代理防疫消毒機械人，開發工作部分由 Victor 負責，工作性質相同，指責他盜取了公司的專業知識作個人利益。最後 Donald 要求 Victor 把 freelance 賺到的約兩萬多元賠償給公司，否則便會告上法庭；Victor 哭著求曉，整個會議過程更被 Donald 暗中錄影下來。

其後 Donald 以同樣手法欺壓同事，暗中調查他們在工餘時間做兼職記錄，再以違反僱員合約為理由，要求他們把賺到的金錢賠償公司，否則即時解僱及追討賠償；期間 Donald 更暗自拍攝質問同事的片段作為證據，公司內人心惶惶。

這位老闆的做法不單起了威嚇作用，更令公司短時間內進帳十多萬元，同時省回辭退員工的龐大費用，但做法令人不安。

「我代表上市公司，希望能跟貴司合作，一起開拓防疫機械人市場。」人稱 Apple 姐的上市公司負責人，某日邀請 Donald 到其辦公室商談業務，提出有興趣與 Donald 代理的機械人合作，並由她

供應消毒藥水及噴霧，共同打開抗疫的藍海市場。Donald 深表欣喜，兩人更碰杯慶祝，當日 Donald 口頭答應了跟 Apple 姐上市公司的合作，其後在電郵中得到某消毒藥水品牌的資料。

新冠肺炎疫情持續升溫，防疫工作不能鬆懈，Donald 的生意短時間內暴升數倍；工程師 Victor 為公司搜羅及測試各款消毒藥水及噴霧，更得到某價廉物美的牌子大力支持，此品牌齊備了各項認證，消毒效果理想，客戶十分滿意。Donald 的公司短時間內已打響名堂，躍升為行業的龍頭公司，更在媒體上大賣廣告。

「你有沒有做過對不起公司的事？」Apple 姐在上市公司會議室質問 Donald。「沒有！」Donald 堅定不移的回答，他指出雙方末曾合作，又何來利益衝突。然後 Apple 姐怒氣衝衝指出口頭承諾也具法律效力，指責 Donald 不僅違反合作協議，更私下聯絡其介紹的消毒藥水品牌，嚴重侵害其上市公司利益，Apple 姐要求 Donald 向公司賠償，否則便會告上法庭。

「你都打橫來講！」Donald 指責對方橫蠻無理，但 Apple 姐堅稱有足夠證據，證明 Donald 公

司在他們見面後才轉用那款消毒藥水，破壞了雙方合作的承諾；她更即時播出兩人會面的短片，Donald 感到非常震驚；哪有這麼荒謬的世界？他懷疑自己誤墮了金融界的天仙局。到底是誰陷害自己？他應否把公司關掉逃避法律責任？這位創業家徹夜難眠。

天外有天，一山還有一山高！有傳言說 Victor 是 Apple 姐的友人，在這件事情上擔當間諜的角色，兩人聯手報復 Donald；也有人說 Donald 本已立壞心腸自作孽。

羅生門，實情早已無從稽考。

營銷策略

「**你**想唔想學我揸馬莎拉蒂？你想唔想月入一千萬？而家有呢個機會，你撳個 Like 你就明白。」營銷教練 Banyan King 的網絡廣告泛濫，令人煩厭。「點解大家都覺得 Banyan 呃人？」「人無恥便無敵！」最近他被一眾 YouTuber 群起圍攻，但 Banyan 一於少理，吹牛短片愈來愈誇張，更變本加厲狂谷網絡廣告，有多人不幸中招。

「我俾左八萬後呃唔到人，King Sir 話我心態唔夠好，叫我俾多八萬蚊教埋我心態，我又俾多八萬蚊，都仲係唔得，King Sir 叫我轉做『教練』，仲俾埋客我搵錢。」一位苦主發現付了一大筆錢，最後只找到做 sales 的工作，教練與學員的心態已被扭曲。在這亂世之中，有兩位真正的營銷教練決定重出江湖，示範最優秀的營銷策略。

David 出席了全港市場營銷大獎 seminar 為參賽者打氣，他曾經是全港最年輕的得獎者，今屆更獲委任為大會導師，訓練參賽者營銷技巧。「膽大心細，客戶為先。」David 以八字箴言贈予會眾，以風趣幽默的方式講解，贏得全場掌聲；二十多年前他贏得首富項目的成功例子，也的確振奮人心，令人回味。

當年 David 以最傳統的方法，三顧首富的大宅並遞上一份營銷計劃書，結果當然是吃閉門羹。但皇天不負有心人，首富終於願意下車傾談：「我有一個位於山旮旯的樓盤即將開售，你有沒有好的推銷策略？」機會是留給有準備的人，David 在手提包拿出銷售方案文件，結果富豪級睇樓團應運而生，顧客可以乘坐遊艇、勞斯萊斯等在美女陪伴下前往睇樓，贏盡市場熱話，創造了驚人的銷售成績。

另一位隱世營銷高手叫 Sandra，她在娛樂圈享負盛名，曾經為過千部世界級電影作宣傳推廣工作，當年更創出買 DVD 送影碟機震撼市場的推銷手法。有客戶最近問她：「娛樂行業容易推廣，但如果防疫書包又要怎樣做？」Sandra 反問客戶最近那些產品最流行？「口罩！一定是口罩。」Sandra 於是施展魔法，定出買口罩送防疫書包的推廣活動，震驚市場，防疫書包得到全港家長追捧，客戶旗開得勝。

　　「今日你好彩，我教你賺七千萬！click 入呢條 link，你就會得到你想要的。」大電視畫面突然出現了 Banyan King 的短片令全場嘩然，David 氣定神閑步出台前，指出「這反面教材能喚醒我們的下一代」，然後負責設計這傳承營銷課程的 Sandra，在課堂中也鼓勵學員實事求事，不要自吹自擂。因為當 Banyan King 在 YouTube 沒有再出廣告當日，就是他給稅局追數之時。

STORY 30
父子齊心

薑是老的辣！財叔在新冠肺炎疫情下，完美演繹了如何零成本創業，這位六十多歲的叔父，憑著靈敏的觸覺、過人的膽識、完美的執行，在數天內創造了新商機、挽救兒子的生意危機，更成就香港工業再出發。

農曆新年期間新冠肺炎疫情肆虐，全港學校開始停課，財叔兒子 Leo 經營的十間教育中心停止營業，他預期每月虧損將超過百萬元，情況嚴峻，Leo 終日愁眉不展。「你是不是該引入新的夥伴，我有好人選介紹給你。」財叔相信兒子要展開救亡行動。「我自己的事你就別操心了，我們正準備向政府求助。」財叔說：「我正要推薦政府作你的新夥伴。」Leo 感到驚訝。

　　第二天，財叔打了一通電話給中學的師弟 Donny，這位政要出名為民請命。「政府現時最適合支持企業在香港生產口罩，必會贏得市民掌聲。」財叔認為香港應該再次擁有工業，生產香港製造的口罩，希望 Donny 儘快向政府作出建議。他同時推薦兒子 Leo 給這位政要。「他擁有全港最多的口罩生產設備，得到多個慈善團體支持。」財叔號稱 Leo 的團隊可以協助政府，為各大企業設立生產線。

　　第三天，財叔與數間大企業的管理層聯絡上，他劈頭第一句便說：「政府將會大力支持企業在香港生產口罩，要把握機會搶佔先機。」財叔推薦了兒子 Leo 的顧問團隊，並提供各款

口罩生產設備供參考。當中有大型連鎖集團、
金融投資機構、著名網上商店、慈善團體等。

　　往後數天，各大企業相繼透過 Leo 訂購口
罩生產設備，簽定了未來兩年的顧問合約。Leo
的教育中心成功轉型為口罩設備顧問公司，提
供包括各類型號口罩生產設備、機器組裝及維
修、無塵車間顧問服務等；數十位同事忙得不
可開交，每月營業額比教育中心多出數倍，利
潤也更豐厚。

　　「你是怎樣能做到的？」Leo 好奇的問財
叔，如何能預知未來，把口罩生產的生意在香
港推進發展。「中國全民要戴口罩！」財叔輕
描淡寫的說道，某天在報章看到這一段新聞，
相信國內的口罩供應將會非常短缺，更不可能
照顧香港市場。他只是憑信念認為香港政府必
會支持香港口罩生產，遂叫他的師弟 Donny
順水推舟，而大企業必定響應，最難的地方就
是網上搜查機械廠商資料，「這正是你們年輕
人的強項。」

　　「向每間口罩生產設備商提高一倍價錢訂
購，沒有風險嗎？」財叔說這是防止對手買得

到機械的策略，況且你們團隊提供額外的顧問服務，絕對超值。「你們教育中心咁多 STEM 老師，學以致用啦！」

「其實真正會賺錢的人，都會懂得空手入白刃。」財叔腼腆說著，Leo 恍然大悟並補充說：「用科學的語言來講，通過精心策劃，獨特的創意，完美的執行，就能達致多贏的局面。」老薑固然夠辣，子薑一樣好有裨益。

STORY 31
餐飲優惠券

「有好蹺又會執行、有好蹺但不懂執行、無好蹺又不會執行,哪種人會成功?」Daniel 在創業的群組看到以上問題,他二話不說的回應道:「看似是第一種人會成功,但現實並非如此。」然後他把最近的創業經歷娓娓道來,結果令人驚訝。

數年前，香港零售業界開始試用雲端 POS 管理系統，其中負責執行的是由 Daniel 帶領的團隊。這位科技集團的 CTO 更獲得某餐飲集團老闆 Robert 的賞識，合資創造針對香港餐廳的管理系統。Daniel 不負所托，花了年多整合了大部分香港餐廳食肆的餐牌，建立最地道的點餐系統。

　　可惜圍山九仞、功虧一簣；香港經濟環境轉差，餐飲業首當其衝，Robert 集團的餐廳相繼倒閉，他更欠下一身巨債，整個項目胎死腹中。

　　近日新型冠狀病毒疫情持續，餐飲業叫苦連天，政府推出以科技提升業界競爭力的資助計劃。「Daniel，很久不見有少少掛住你！」某餐廳女東主致電時主動獻媚。「你的系統可否協助申請政府資金？」Daniel 最近收到無數查詢；這位正面積極的創業家感到機會終於來臨。那天晚上他相約舊拍擋 Robert 在中環某餐廳商討大計。「這是十年難得一遇的機會。」

　　「我準備在系統推出優惠券給市民在網上購買，一定大受歡迎！」兩人傾得興高采烈。

　　「我想到一個三贏的方案，你先做好營運，我

找基金投資上市公司，再用上市公司入股。」兩人愈說愈誇張，更引起旁邊「半唐番」Justin 的注意。這位餐廳老闆其後更加入討論，認為餐飲優惠券在這非常時期十分可行，更答應會全力支持。三人當晚談得面好耳熱，更喝至酩酊大醉，彷彿一個新的創業三人組正式誕生。

翌日，Daniel 坐言起行，以早前建立的餐飲系統為基礎，創造出全新的手機優惠券平台，他更親自出馬四處找餐廳加盟，他以創新科技服務市民為口號，吸引了超過二十間餐廳加盟；Daniel 為這新點子投資了很多的心力、時間和金錢；他也把進度每日告訴 Robert 和 Justin，縱然兩人也認為進度太緩慢。

「有飲食業人士發起網上禮券銷售計劃，呼籲更多餐廳及酒吧盡快加入，並鼓勵食客購買優惠卡支持本地餐飲業。」Daniel 在報章看到此標題，內文清楚說明該計劃由蘭桂芳一班人發起，是外國人主導；明顯是 Justin 取了 Daniel 的方案，並在他的老外圈子開始執行；他拿了 Daniel 的好蹺，縱然『他沒有執行能力』，但他搶了這新計劃的頭啖湯，傳媒爭相報道。訪問中 Justin 以 KOL 身份被一班老外簇擁著，Daniel 感到嘔心。

「這是《食飯了》的優惠餐券服務，作為上市公司我們有責任在新冠肺炎疫情期間，提供最優惠的餐飲服務給用戶。」全港最大餐飲平台《食飯了》號稱召集 3,000 間餐廳，推出最大型的餐飲優惠券服務，Daniel 收到朋友轉發的信息當場呆住。他不敢相信自己的眼睛，但他確切知道是 Robert 為了要償還對這公司的欠債，而作出的獻媚行動。這個「沒有好蹺也沒有執行能力的人」，卻成功把整盤計劃賣給競爭對手。

　　有好蹺又會執行的 Startup 會成功嗎？最重要看看他們身邊認識的是甚麼夥伴。

STORY 32
大製片家

每次談起自己白手興家的故事，Benjamin 都非常自豪：「我創業從來都沒有靠家人！」這位城中炙手可熱的電影製作人的確令人欽佩。二十年前他從攝影師做起，至今擁有過百人的製作團隊，並準備衝出香港奔向國際舞台。Benjamin 當晚出席一所院校的攝影作品展，跟眾多同學分享他的創業故事。

「我第一宗生意是出賣攝影作品，當日共售出五張相片。」Benjamin 每次提起這往事也笑不攏咀，他稱自己是香港首位極限攝影師，形容當日願意接受挑戰才能成就今天的大業。「那次我帶上必備的繩索和爬山裝備，還要背上重重的三腳架及攝影器材。」Benjamin 指為了捕捉最好的拍攝效果，不得不在懸崖邊吊上一整天。皇天不負有心人，他首次的極限攝影作品得到買家以高價收購。

　　「做任何事情都會有風險，在路上也有可能被不守交通規則的司機撞死。」Benjamin 指萬一在極限攝影時出了意外，至少那刻他是開心的。不過，他的家人不認同 Benjamain 的任意莽為，特別是跟他感情要好的大哥 Albert，兩人也為此事多次爭吵。Albert 是個踏實穩重的人，自小協助父親打理塑膠工廠，他希望能與弟弟一起接替父親繁重的工作。

　　那年父親不幸患上鼻咽癌，臨離開前叮囑弟弟回到工廠幫忙哥哥；但 Benjamin 卻在父親離世後不久萌生創業的念頭，他不僅要挑戰極限攝影，目標要闖出一番大事業。「我希望能在工廠拿點創業的資金。」Benjamin 立定了決心並向大哥和大嫂提出，但卻遭到兩人反對。

　　「這些攝影工作太危險了。」Albert 苦口婆心的勸告。「工廠那有多餘錢給你？我們剛剛才向銀行借貸，準備遷入國內生產。」負責管數的大嫂決不退讓，她指 Benjamin 不肯回工廠幫忙，反而要錢去發展無前途的事業。二十多年前的一個晚上，一家人吵起上來；翌日 Benjamin 決定離家出走，自始與大哥一家人不相往還。

　　數星期前，Benjamin 收到姪兒通知大哥 Albert 過身了，同樣也是患上鼻咽癌，喪禮剛好就是 Benjamin 應邀出席院校攝影展的同一個晚上；但他仍然耿耿於懷，更覺得與同學分享比追悼無情的哥哥更有意義，當然他也不想看到大嫂那潑婦的咀臉，最後他決定出席院校活動而缺席大哥的喪禮。

　　數天後，Benjamin 應姪兒邀約見面。「這是爸爸的遺物，我和媽媽也認為要送回給你。」Benjamin 赫然發現是自己首次攝影展覽的五張相片，原來出高價購買的人就是他的哥哥 Albert，這是他一手製作出來最無情的作品，大製片家感到一陣的鼻酸，當場哭成淚人。

拍攝神器

「若要人不知，除非你白痴。」數年前某創業男開始在娛樂圈打滾，誘騙無數發明星夢的無知少女，故事曲折離奇，引人入「性」。

「明天通告 0717，為妳們找了化妝及服裝贊助。」新進跳唱組合四位女成員被 Sammy 邀約到裝修中的商場拍攝 MV，他同時在商會中找到些贊助；結果四位女成員以誇張的妝容、不太稱身的連身裙，配以生硬的舞步完成拍攝，效果奇差，令人忍俊不禁。但意想不到的是，這粗製濫造的 MV 短時間內在網絡爆紅，各大媒體爭相以劣評報道，網上更創下點擊率過百萬的記錄；更意想不到的是，Sammy 只花港幣 800 元添置器材作為製作成本。

少女組合一夜爆紅，Sammy 更充當經理人為她們接洽商業演出，但女成員每次工作只能得到客戶的贈品，並沒有得到應得的酬勞。「工欲利其善，必先利其器。」Sammy 指公司剛剛起步，首要添置優質的拍攝器材，製作高質素作品作宣傳及推廣之用。他隨即介紹手上那數萬元的 X-Pro 拍攝神器，並對著女成員 Vivian 示範內置的人工智能（AI）功能；當晚她更被邀請拍攝寫真。

「妳要有勇氣留住青春的時刻，這將會成為妳人生最大的珍藏。」Vivian 被 Sammy 游說拍攝了一輯性感半裸的寫真集，然後惡夢隨之而來，因男方經常以此要脅女方作為換取性愛的條件；女方不甘受辱，卻無計可施，她最後想出了一個一石二鳥的方

法，既可以把被要脅的重擔分擔，又可以生擒「大色狼」。

「這些是 Sammy 用最新拍攝神器影的，我們趁年輕一定要拍一輯留念。」Vivian 游說另一位團員 Angie 拍攝寫真集，並推說當組合紅透半邊天時，每位組員的寫真集也會價值連城。「Angie 跟其他組員也有離心，是時候要抓住她們的把柄。」Vivian 以女團員收入低微已萌去意為由，著 Sammy 先發制人。Vivian 左右開弓，那天更自告奮勇充當攝影助手。

「妳要有勇氣留住青春的時刻，這將會成為妳人生最大的珍藏。」Sammy 的花言巧語如出一轍，其後 Angie 要求清場，Vivian 暗中按下攝影神器進行錄影。科技是幫人還是害人她不太清楚，但到頭來 Vivian 預期的畫面卻沒有出現；那晚她氣急敗壞的質問 Sammy，原來早前神器的人工智能容貌識別及追蹤只加入了 Vivian 一人，她極之氣憤，翌日更豁出去在傳媒前大爆 Sammy 的不道德行為；可恨的是男方仍繼續逍遙法外。

兩年後，爆出歌手「攞命張」的女友被某人騙財，數十人挺身而出大爆演藝圈騙子 Sammy 的罪行，這創業男從此銷聲匿跡。

STORY 34
旅遊達人

「帶」團要懂替團友打針、食藥，大家便健健康康。」資深導遊 Stanley 教導新人行內的潛規則，「打針」是指有需要時故弄玄虛把壞情況告訴團友，最後結果令他們喜出望外便可多賺償金，而「食藥」當然是落足嘴頭帶團友往指定商店購物賺取回佣。

過去十年 Stanley 專門帶團到日本各地，諗頭多多的他向公司建議了很多特色旅遊景點，他的努力每次也能在市場上掀起一番熱話。那次的「和服賞櫻之旅」吸引了 Ming 和他的女朋友報名，完團後兩人讚不絕口，Ming 表示這深度體驗才是未來旅遊發展方向。數日後，Stanley 成為了 Ming 的拉攏對象。

　　「有興趣與我一起發展深度體驗旅遊嗎？」Ming 看中了 Stanley 在日本發掘項目的能力，並邀請他共同創辦新的手機旅遊平台。Stanley 卻反過來建議：「不如先由我帶隊，安排一個月的深度日本旅遊給你們？」當然他也為這次行程先「打針」並強調：「不要期望太高，太過深入探討也可能會失望。」結果當然是大家喜出望外。

　　數周後，Stanley 帶領 Ming 一行數人徹底深入的玩轉日本。他們首站到淡路島享受日本單車之旅，再赴寶塚市欣賞日式歌劇，緊隨其後是深入東京都內的相撲手部屋，然後參加了偶像組合 AKB48 的握手會；眾人大讚 Stanley 的行程夠深入，讓他們真正感

受到日本當地文化，Ming 和未婚妻更在名設計師桂由美企劃的「京城玫瑰園」共諧連理。Stanley 獲得豐厚的佣金收入，Ming 更可謂雙喜臨門，其夢想的深度旅遊平台 TDays 即將誕生。

「我們不喜歡旅行團走馬看花，沒想過今次能了解當地的風土人情。」團友 William 一行數人很喜歡 Stanley 安排的「和服賞櫻之旅」，這班金融專業人士成了 Stanley 的下一個目標。「我每半年辦一團一個月的深度旅行團，上次有團友更以此噱頭創業，非常成功。」Stanley 繼續發揮他的導遊本色，「落重藥」推銷他的一個月深度旅行團，成功吸引 William 和一眾好友參加；然後他的第二次日本深度旅行團，做就了另一個手機旅遊平台 TLook 的誕生。

「兩個深度旅遊平台提供的日本項目非常相似。」市民大眾的評語反映了 Stanley 的影響力，這位資深導遊及深度旅遊設計師繼續左右逢源，一方面協助兩大平台開發更多特色旅遊項目，另一方面又令雙方產生競爭，從而成為這新興行業的最大得益者。直至有天他收

到了 ICAC 的協助調查邀請，才如夢初醒。

　　「收取合理佣金是行內的潛規則。」Stanley 理直氣壯的向調查員說道，他隨後被控以權謀私及妨礙行業發展，被法庭裁定有罪。業界對裁決沒有太大反應，偶爾有導遊會說起這前輩的故事。「他算是帶領著行業發展，但利益沒有健康分配好。」據聞這旅遊達人現時真的要每天打針、食藥保住身體健康。

STORY 35

交友程式

當年某東南亞國家的經濟開始起飛，外商紛紛前往投資，隨之而來的就是一班年青貌美的女性，每晚穿梭大城小巷為寂寞的男士提供慰藉；群鶯亂舞、夜夜笙歌，成為沿海城市一帶的特色。這現象可能是每個發展中國家必經的階段，曾經有創業家藉科技改變這社會形態，也有人逃不過被屠宰的厄運。

年青創業家 Bicha 在大學修讀計算機科學，在學期間已經開發了簡單的交友程式《Quicker》，助一眾宅男認識更多女生；他畢業後亦以《Quicker》創業，打著「手快有、手慢無」的旗號，表示條件好的男生或女生非常搶手。平台其後加入配對功能，Bicha 也為自己配對了女朋友；《Quicker》數年間發展不俗，那年他大排筵席迎娶女友，並在市內新建的小區購置了房子，兩人婚後育有一對孖生仔女，家庭生活美滿。

　　「那班濃妝豔抹的女郎任何時間也在搔首弄姿，傷風敗德，教壞細路。」Bicha 的父母多次向小區的管理署投訴，直言每天帶孫仔孫女上學時，眾多流鶯坐在門外令他們感到不安。奈何經多次投訴後情況仍未有改善，兩位老人家更聯同眾多市民投訴至市政府、甚至是中央政府，要求設法改善整個城市及國家形象。

　　政府多次發起雷霆掃蕩行動，但市面平靜一段時間後又再死灰復燃；政府官員當然知道「野火燒不盡、春風吹又生」的道理，事實上眾多前往沿海城市打工的男生也有生理上的需要；聰明的領導人決定以創新科技整頓市容。

「眼不見為乾淨!」得到各高層的認同,有官員安排傳話人與《Quicker》創辦人 Bicha 見面。

「請在程式內加入私密服務。」傳話人應上級的指示提出要求,Bicha 卻指出此改動有違他創立程式的初心。「我怎向家中兩老和小朋友交待?」Bicha 不認同傳話人的建議,也不想在程式內加入類似電召的服務。「你聽得懂嗎?明白自己背負的責任嗎?」傳話人開始發怒,此刻 Bicha 也無名火起並狠狠的回應:「我明白,所以才不允許加入這私密的服務。」他更吩咐同事 Suwan 送客,會面不歡而散。

半年後,市場上新冒起一款交友程式《Mark Mark》,以集結志同道合的朋友為主題,並能安排快速約會,旋即大受歡迎,不過創辦人 Suwan 卻被前僱主 Bicha 指他利用公司資源私創《Mark Mark》。這個新的交友程式一個月便取代《Quicker》成為龍頭。

Bicha 面對魔鬼的抉擇,他將兩老送往歐洲,自己卻孤注一擲;他面對電腦屏幕閃爍的紅光,按下鍵盤加入了暗藏交易密碼;從此真

的如傳話人所講：「流鶯將移師網上招客，市民大眾不再受到滋擾，國家徹底清洗太平地。」

　　「你聽得懂嗎？明白自己所犯的罪行嗎？」Bicha 那天被告上法院，罪名是經營色情行業。「我明白！」Bicha 默然回應，最後被判有期徒刑三年。同年《Mark Mark》在美國納斯達克成功上市。

STORY 36
醉爆創業團（上）

「鈴鈴......鈴鈴......」鬧鐘響起了，Philip 昨晚深夜才從法蘭克福回港，睡了不夠 3 小時，睡眼惺忪的他還要出席公司早會，為數天後新產品發布作最後準備。Philip 是國際電器品牌的設計師，經常穿梭世界各地，可能在天上的時間比地上還多，他慣常以最原始方法克服時差，就是到酒吧喝酒然後回家抱頭大

睡。那天他拿著公司最新款鬈髮器坐在酒吧一角，吸引了 Vivian 的目光。

「Vivian，快回去吧！否則又會令大家每人損失五百元。」女友人見她與 Philip 談得十分投契，隨即過來勸喻她盡快離開。Philip 摸不著頭腦但又不想這漂亮的女生離開，他馬上拋出一句：「不用怕！失去多少錢？我補給妳！」此語驚動了鄰桌的一位男士，見他馬上拂袖而去，Philip 發現竟然是另一部門的同事 Peter，然後 Vivian 的女友人緊隨那男士其後離去。當晚剩下的 Vivian 和 Philip 喝至酩酊大醉，男方更答應女方幫忙安排工作。

「直髮、捲髮、駁髮樣樣皆能，這款全新物聯網（IoT）捲髮器可預先測試髮質，為用戶帶來最佳髮型效果。」Vivian 一身性感推銷員裝束，為 Philip 公司產品發布會站台，市場反應理想。往後 Vivian 更成為了 Philip 這國際品牌公司的御用模特兒，她並介紹其他女孩子客串演出，漸漸一隊有質素的女性推廣團隊成形了，Vivian 開始有了新想法。

「Philip，我們可以開顧問服務公司，專門為你公司及其他大品牌提供女性推廣員。」Vivian 說公司名字也想好了名：Angelina，並邀請 Philip 作為股

東及提供起動資金三十萬元，而公司營運及管理全權由 Vivian 負責。兩人開始打得火熱，在公在私也無分你我，每次 Philip 到酒吧消遣也會和 Vivian 孖公仔般出現，羨煞旁人。

那天傍晚 Philip 剛落飛機如常地到酒吧消遣，Vivian 正忙著澳門大賽車的節目而未能相伴，他碰上了同事 Peter，兩人坐在吧枱開始了 Men's Talk，由女人、馬經講到電影，談論《醉爆伴郎團》（The Hangover） 醉酒有趣的情節。「Life is short，smile while you teeth！」兩人均認同「人生得意須盡歡」，然後 Peter 拋出了幾句說話令 Philip 耿耿於懷，甚至感覺每句說話也在踐踏 Vivian。

「哪有人傻至替酒吧認識的女孩子找工作？」「飲醉酒的說話不要當真！」「和女人夾份做生意一定出事。」這幾句說話出自 Peter 口中，顯得這人特別的涼薄。Philip 終於按捺不住及反擊，他追問 Peter 當晚揮袖離去的原委，另外為甚麼每位女孩每晚會有五百大元？

STORY 36
醉爆創業團（下）

時間的錯、地點的錯，還是人物的錯？ Philip 當晚在酒吧認識 Vivian，國際知名品牌的產品設計師遇上漂亮女孩，兩情相悅並墮入愛河，本應羨煞旁人；但當晚卻屢次遭到同事 Peter 言語侵犯：「飲醉酒答應陌生女子介紹工作，更跟她一起做生意，只有傻瓜才會這樣做。」Peter 酒醉後的一夕話令 Philip 鬱鬱不歡，但他仍極力維護女友。

「難得找到這麼合拍的伴侶，我當然不會放棄。」Philip 指重要的是往後發展，他更揶揄 Peter 從來沒有遇上真感情；在兩人酒醉的辯論中 Philip 稍佔上風，不過當 Peter 分享曾經與親密女性朋友營商的痛苦經歷，Philip 開始默不作聲；他在想是否真的犯下了 Peter 口中的兩個大忌，第一就是太認真對待 Vivian 酒醉後提出找工作的建議，第二當然就是跟這女子一起創業。

「我跟酒吧認識的女子一定劃清界線，我請飲酒無問題，甚至我給她們回家的士費用，每人每晚五百元，唯一條件就是不準過枱。」Peter 解開了他給女孩子五百的謎底，就是不拖不欠。Philip 口中仍在反駁 Peter，指他不懂得尊重女性，譏笑他將孤獨終老，但其內心深處倒認為 Peter 的說話不無道理。他開始覺得和 Vivian 一起就算未至於身陷險境，也可能令他有所損失，更質疑酒吧女郎怎會是自己的理想對象，他想到了一個藉口可以隨時甩掉這女友。

兩天後 Philip 相約 Vivian 一起食晚飯，女方興高采烈告知澳門的工作十分成功，公司有機會做得更大；男方卻哭喪著臉說道：「此業務對我本身公司有利益衝突，我必須退股，希望妳繼續做得更

好，祝妳好運！」Philip 甚至要求 Vivian 退回他設計的 IoT 鬆髮器，意指他希望同時退出兩人的感情關係。

　　「設計師不能停留在一段感情太耐，否則會沒有創作靈感。」Philip 在酒精刺激下愈說愈誇張：「我其實是隻無腳的雀仔，跌落地找到歸宿便會死去。」無謂的分手藉口出自 Philip 口中，Vivian 奇怪男友的熱情怎會退卻得如此快。她原先打算與 Philip 商討公司的擴充大計，想不到變成兩人分手的局面。當晚 Vivian 回到酒吧找到女友人，另一幕驚嚇的場面出現在她面前，女友人竟然跟 Peter……

　　半年後，國際品牌把整個電器部門賣掉了，同事全部被辭退，Philip 靠兼職維生，收入大不如前，Peter 卻展開了人生的另一階段。某晚，Philip 和 Vivian 分別被邀請出席同一個婚禮，新郎哥 Peter 在台上自爆是在酒吧認識太太的，而那位正是 Vivian 的女友人，兩人在艱苦的創業生涯裏培養出感情；Peter 還笑說在大半年前得到某舊同事在酒吧的啟發，成就了今日的大好姻緣。

　　「我離開了原來的公司，可以回來 Angelina 幫忙嗎？」Philip 鼓起勇氣問坐在旁邊的 Vivian。

茶餐廳洗碗王

「細個屋企好窮，但點窮都會落去茶餐廳飲杯茶、食個包，一家人食得好開心。」Frederick 在一創業講座分享他如何由茶餐廳開始，創造出每年數億營業額的洗碗王國。這位草根出生的創業家，初中時曾因患了肺炎留醫一個月。「阿媽曾經同我

講，你好番都做唔到體力勞動嘅工作，所以一定要努力讀書。」其後他不負所托成為了會考狀元，順利升讀香港大學。

不過，他的大學生活跟其他同學截然不同。

這位天子門生的大學生涯竟然在不同的茶餐廳渡過，Frederick 每天早上登記課堂出席後，便到大學附近一帶的茶餐廳開始他的迎送生涯。「我是港大學生，現正做一些社會研究，有沒有聽過供款的儲蓄人壽保險？」他想出以大學生做市場調查的方法售賣保險，竟然給他殺出血路，踏入大學第二年時已成為年薪過百萬的保險經理。

Frederick 一直得到同學兼女友 Sally 的支持，期間不只替他抄寫功課，更幫忙邀請更多大學生加入其保險團隊，協助 Frederick 組成了一支年青有活力的生力軍。兩人其後更投資了西環一間茶餐廳成為股東，二十歲之齡已經進身老闆行列，在同學間成為一時佳話；Sally 每天也到茶餐廳幫忙，間中更幫忙清潔及洗碗；兩人視對方為結婚對象。

大學畢業後，同學四出找工作，大部分離開了Frederick 的團隊，這小伙子看着銀行月結單由高峰

期每月六位數字的進帳，跌至只得四位數字時，他還未意識到危機將至。Sally 卻在此時為 Frederick 寄出特別的信件，找了位移居美國的朋友幫忙；當晚她向男友問道：「我們茶餐廳請不到洗碗的員工，有甚麼方法？」男方回答說：「洗碗有我啊！」兩人相擁而笑。不幸的是西環這茶餐廳在沙士期間虧損嚴重，Sally 四出為男友尋找資金，更把自己的積蓄及外借的金錢奉上，但最終茶餐廳難逃結業命運，兩人八年的感情同時劃上句號。

「茶餐廳是香港人最愛的食肆，但最困難就是聘請洗碗工人。」Frederick 出席了 Sally 半年前替他報名的一個洗碗機特許經營講座，他身同感受；其後更與美國來的主辦方 May 一同創立了新公司「洗碗王」以全新的技術，承接港九新界茶餐廳的洗碗業務；兩人由找廠房到搵生意均親力親為，朝夕相對漸生情緣，相識半年更情定今生，Frederick 與 May 結婚及生了一對孖仔。

「每日 cold call 廿間餐廳，就帶來一單新生意的機會，如是者我做足一年，全港餐廳差不多被我 call 齊。」Frederick 繼續在創業講座分享所謂成功的竅門，包括如何善用創新科技；但他其實很清楚其成功因素就是前女友 Sally 為他的付出。講座期間有

參與者問公司這女性名字的由來，Frederick 毫不忌諱的說：「史上偉大的莎莉，當然是我個人的情史，哈哈！」惹來哄堂大笑。他一直在懷念著 Sally。

曾經有一段刻骨銘心的愛情放在 Frederick 面前，他並沒有好好去珍惜，當失去的時候才後悔莫及，人世間最痛苦的事莫過於此。

STORY 38
KOL 教學平台

「你信唔信我去日本旅行時，一邊食和牛，一邊賺錢？食完埋單心仲有錢落袋？」Andy 意氣風發的在講座中問現場參加者。大部分人隨即舉起手並大聲回應：「信！」「我都想！」眾人情緒高漲。Andy 繼續吹噓：「有人網上付款報讀我的課程，我手機便會即時收到通知，食一餐飯時間我便收到二千、三千元課程報名費。」

一年多前，Andy 開始每日用手機拍攝每段一分鐘長的正能量短片放上網，數星期內便吸引了近千名粉絲，其後在朋友鼓勵下開設講座，門庭若市。「正能量課題」由課堂伸延至網上的 e-leaning class，並建立起全新的短片教學平台，同時歡迎他的學員加盟成為 KOL。「一年 365 日每日廿四小時都有人課金上我們的課程。」Andy 其後鼓勵學員上完他的課程後自立門戶，開班授徒並說可賺得更多。

　　在遠處一角落，Stella 暗暗偷錄了整個講座情況。

　　Stella 上星期剛被工作了十年的公司辭退，感覺打工隨時變得一無所有，她不希望再為別人作嫁衣裳；那天當《Facebook》彈出了「如何賺取人生的一百萬講座？」的廣告，Stella 決定報名一試。當日 Andy 吹噓完後，參加者隨即排隊報讀課程並跟這位神級導師合照，唯獨 Stella 靜悄悄離去了。

　　Stella 找來了著名網上推廣專家 Ken 一起研究她偷錄回來的課堂影片。「Andy 最大特點是吸引他人幫他賺錢，不過當日應該找了很多人『做媒』造馬炒熱氣氛。」這位 Stella 的大學同窗更幫忙她自設短片教學平台。「網上教學必須風趣幽默，勵志或誇

大是方法，但創造市場價值才是最重要的元素。」Stella 遂以她最熟悉的產品開始，每天自拍一條網上教學短片，創造個人及平台的價值，並取名為「美白小天后」。

　　Stella 的美容護膚示範短片，由平台分享至各大社交媒體中發放；美白小天后憑著第一身風趣生動的教學示範，旋即紅爆網絡。眾多 fans 主動按申請帳戶付費加入平台，並將各自專長在這網上平台示範，吸引很多朋友付費在這平台學習不同技能，包括：廚藝、瑜伽、樂器等。Stella 製造了網上自學風氣的潮流，並成為新一代創業家的典範。

　　「你信唔信我去日本旅行時，一邊食和牛，一邊賺錢？食完埋單心仲有錢落袋？」Stella 在一創業講座作分享嘉賓時問現場人士，遠處卻有一人暗自在嘆息，這似曾相識的說話令 Andy 心碎。他去年因為被一網媒記者拍下跟幾位 fans 的對話，並踢爆他找人「做媒」即場報讀課程的卑劣手法，從此消聲匿跡。Andy 今日慕名而來，找尋可令他東山再起的秘技。

民間港姐

「如果有人打本給妳創業，贏的是妳而輸的是他，妳會答應嗎？」Salina 當日就是答應了，這位曾經的選美皇后已厭倦了鎂光燈的日子，十多年日夜顛倒的演藝生涯令她疲於奔命。Salina 決定把握機會憑自己一雙手開創個人事業，但她卻不知道商業世界比娛樂圈更加殘酷。

「妳看肥媽小食店每天也是大排長龍，人氣爆燈。」銅鑼灣根叔與 Salina 連續三日在中午時份一起點算這人氣小店的人流，大約計算出相關的營運狀況，根叔其後跟 Salina 參觀位於隣街暗角一間已空置的小店，並答應打本給她創業及免費提供場地，條件是半年後能做出與肥媽小食店一半的生意額。選美皇后與丈夫商量後決定一試。

「要以我個人名義簽租約？不是免租的嗎？」根叔指這只是手續形式，並不是要 Salina 付出任何金錢，她不虞有詐，遂簽下一份比市面租金貴三成的租約。不到兩星期，首間「皇后小食店」正式誕生，Salina 和丈夫由晨早預備食材、生意招徠以至宣傳推廣等全部一手包辦，其後更請來傳媒報道，為這銅鑼灣暗角的小店帶來一點曙光，生意及人流也貼近肥媽小食店，兩夫妻也遵守承諾把每月賺到的一半利潤分給根叔。

「呢間小食店係選美皇后 Salina 每月以港幣三十萬元承租的，人流暢旺，租約下月將屆滿。」根叔準備把這小店以高於市價一倍出租給台灣一美食集團，並出示 Salina 簽署的租約以

茲證明；最後小店不單成功以高價出租，其後更以高價出售，根叔的集團有超過八位數字的利潤；他老人家笑逐顏開，最後決絕的把皇后小食店趕走．Salina 欲哭無淚，心中暗忖一句：「地產霸權！」

兩口子未被打沉，反而激發了他們的鬥志，在金融科技界工作的丈夫更提出以 SaaS 模式及特許經營等方法建構小食店價值；Salina 也四出找尋投資者，為這地道小食品牌尋求更多發展機會。消息傳到遠至移居外國的友人，一位曾經找 Salina 為品牌代言人的衣服生產商；兩人一拍即合，目標是傳承香港地道美食，瞬間「皇后小食店」又再復活，繼續為香港人提供地道美食。

過去幾年，這位女創業家經歷丈夫出軌、輿論壓力、市道低迷，當然還有長期的地產霸權行為，她還是繼續勇敢及堅毅的熬過來。那天他望見根叔在她附近的小店跟一班地產代理一起，相信準備在這市道低迷的環境下以低價買入店舖，待日後借炒作再高價沽出。她隨即奔出去與根叔對話：「你知道嗎？你借我過橋，差點就摧毀了我的創業夢。」Salina 指出地產不一定是霸權，

其實可以支持年輕人及承載他們對未來的夢想。根叔最後拋下了一句:「發神經!」便轉身離開了。

　　「美貌與智慧並重!」由 Salina 銳變為「美麗與志氣並重!」一顆美麗的心加上不懼強權的意志,為她奠定了民間港姐的地位。看著根叔離去的背影,她為某些見利忘義的香港人感到憤怒及難過。

超級聯繫人

「香港作為超級聯繫人的角色非常重要。」創業家 Joseph 當日深信不疑，更曾以香港人獨特的魅力遊走於中港日之間，他見證著包括生意及感情上人際關係的變化。他的創業之路儼如一念天堂、一念地獄。

「Fukada San, welcome to our booth！」深田小姐在香港電子展非常受歡迎，這位日籍女子說得一口流利英語，擁有天使般的美貌，吸引眾參展商包括 Joseph 的目光，他想就算未能跟她在業務上發展，若能和她共進晚餐也三生有幸。Joseph 當日非常殷勤招待深田小姐，兩人在攤位內商談了數個小時，清楚對方公司採購產品的要求。

「Like the tiny design, but too expensive for our game centres.」深田對 Joseph 的產品設計很有興趣，但價錢不太符合其連鎖遊戲中心的要求。Joseph 求助國內某大型廠商，最後促成了與這日本客戶的首張定單；當晚他們共進晚餐，建立了美好的緣份，後來這港男的魅力更贏取日女的感情，工作和異地戀情同期展開，兩人如日本情侶般訂做了刻有對方名字的戒指為訂情信物。

「這款微型投影機，是市場上最細部的。」Joseph 為討女友歡心，更成為了深田公司的市場密探，搜羅各款最新產品、潮流脈博等資訊提供給深田。「Kawaii！」男方每次也能博取紅顏一笑，同時奪取日本公司的定單，Joseph 魅力十足，揮灑自如。

這港男的魅力又豈只吸引一位女生，他以同樣手法與國內大型廠商的太子女丁琳建立了關係，兩人愛得如膠似漆，更以流行的瑪瑙手鐲為定情信物，丁琳同時為 Joseph 管理好生意及出貨事宜。

　　男方的感情和做生意一樣，不可能被一個客戶或某個供應商綁死；Joseph 同時在國內外交了更多女朋友，建立起眾女友背後公司龐大的生意網絡。他不斷搜尋國內優質廠商，建立關係後把其產品單價壓低，加點包裝再以高價賣給海外客戶，賺取可觀的利潤回報；Joseph 見多識廣，喜歡以小禮物饋贈女友，南北西東，留下愛印，同時推動出口經濟發展，超級聯繫人角色當之無愧。

　　不過，「暖男」也有失手時。

　　有天 Joseph 錯將深田公司的定單發了給丁琳工廠，兩位女士不約而同打電話來問個究竟，她們清楚男友賺取生意的差價，也知道了對方的存在。數月後，深田與丁琳在香港電子展首次聚頭，她們相約 Joseph 同事見面並把各自的定情信物退回，兩女當天隨即上廣州秋季交易會，最後一人拋下一句：「Shame on him！」、「No more middlemen！」Joseph 在旁聽著，他感覺當屆的電子展特別冷清。

　　「我不談政治，我不說歷史！」十多年後 Joseph 想起這段往事，悲喜交集。他偶爾會自豪的說：「我曾經係香港的超級聯繫人！」

STORY 41
芝麻開門

　　「芝麻開門」是阿拉丁故事中的魔法咒語，可以打開四十大盜的藏寶山洞。現實中有位台灣大男孩 Michael，他期望透過創辦培育計劃／孵化器幫助台灣的初創企業，替更多人打開創業的藏寶山洞，其孵化器取名「芝麻開門」。

「你呢款智能眼鏡是未來趨勢，有興趣來台灣發展嗎？」Michael 主動在社交平台跟香港創業家 Jordan 聯絡，其後更與兩位客戶飛來香港，三人也各自購買了智能眼鏡。「那位 Michael 有點特別，他付錢時和我在拉扯這 4,000 元的鈔票，好像依依不捨似的。」同事告知 Jordan 及後他才知道 Michael 這次來港的旅費和樣版費已用去他僅餘的資金，他在台灣的培育計劃隨時因資金短缺而結業。

「你為了幫我聯繫生意，竟然把僅餘的資金也用上了？」Jordan 被 Michael 的傻勁打動，最後決定入股芝麻開門成為股東，助 Michael 解決現金流問題。「我希望透過舉辦創業大賽認識更多青創企業家。」「我可以從香港邀請天使投資人來台。」Michael 和 Jordan 你一言我一語，芝麻開門的首個創業投資對接會終於誕生了。

「有文化的初創企業、畜牧的創新科技及很有挑戰的生物科技，這些也是在香港找不到的項目。」香港的投資人對台灣的青創企業另眼相看，更即時介紹了香港對投資生物科技的支持及股票市場的機遇。Michael Jordan 攜手打開了兩岸青創與投資的交流平台，當晚他們更收到了一個晚宴的邀請。

「我不太明白投資人怎會對剛起步的企業有興趣？」市政府工商發展部的范總邀請兩人到其府上作客，她以往在投資業基金界工作，比較小接觸年青人創業的範疇。「年青人有很多創意的想法、不怕輸的精神。」Jordan 說十間只要一間成功，回報也相當可觀；他更發現台南的樓價是香港的十分之一，發展潛力很大。Jordan 說這次打開了自己的眼界，他會鼓勵更多投資人來台發展。

　　Michael 整晚的說話不多，但談到某青創企業突然流下了男兒淚，他正在憂心他們是否能繼續走下去。「你這年青人有一股特別的感染力，就是令我們要想辦法幫助你。」范總和 Jordan 點頭微笑，他們被這芝麻開門創辦人打開了心扉。創業就是要以一夥自由、喜悅及充滿愛的心，努力去感染並點燃他人的希望。

STORY 42

夥計的自我修養

「細蓉前後、菜心走油，入我數。」茶餐廳夥計阿強碰見了前老闆 Lawrence 兩夫婦，二話不說就主動請他們午餐。「阿強係得嘅，仲記得我的口味！」Lawrence 稱讚這位前夥計記性好，在阿強的記憶中這讚賞應該是史無前例的；他在這位前僱主的工廠工作超過十年，由理貨員升至倉務主管，直至三年前公司結業才離開。

「快手啲啦，揸流攤啊！」Lawrence 最常用這種態度對待倉務部同事。「只懂出賣勞力的人，遲早被科技取代。」這老闆數年前開始在公司引入現代化科技管理，說話更見刻薄；他甚至在其玩具產品系列加入了更多創新科技元素。「我們不要再做 OEM 為他人作嫁衣裳，一定要做自己的品牌。」業務經理 Teddy 大表認同，更提出成立創新產品設計及研發部，招聘了一批新同事。

「這款智能玩具迎合未來學習的大趨勢，一定會大受歡迎。」Teddy 落力介紹新設計的產品給美國客戶，Lawrence 看見得力助手積極的態度令他充滿信心，其後更斥巨資購買電影人像版權以配合新產品宣傳及推廣。可惜這系列創新產品未能製造驚喜，自家品牌也打不出名堂，更令公司負債累累，這歷史悠久的玩具工廠面臨周轉不靈的困局。

那天早上十多位的供應商聚集在公司門外，他們為支票未能兌現而鼓譟；Lawrence 本已申請加大了信貸額，「獅子銀行」職員亦正趕來送上支票。冷不防老闆最器重的職員 Teddy 打電話通知電視台，最後攝製隊趕到，在場人士均變得情緒激昂，新聞播出後銀行高層決定暫緩批出貸款，三十年玩具老字號一命嗚呼；Lawrence 兩夫婦當日也離港暫避風頭。

「我們聯成一綫去勞工署及法庭備案，申請破欠基金同時把公司清盤。」Teddy 其後向眾同事提出進一步行動。「公司養咗我十幾年，唔明白點解公司有事我們要馬上踩多一腳。」倉庫主管阿強挺身而出，認為應先找老闆商量，並一起尋求解決方法。據說當日 Teddy 一意孤行，危在旦夕的公司終翻身無望；其後他更聯同數位同事另起爐灶。

「中美貿易戰升級，港商掀企業逃亡潮。」記者正在追訪走佬玩具廠商 Teddy，公司門外群情洶湧；阿強和 Lawrence 夫婦正在看着電視上似曾相識的畫面，心中有說不清的千言萬語。「阿強，這是你應得的遣散費和薪金，欠了你幾年，不好意思！」他感謝阿強沒有如 Teddy 和某些同事般把他告上法庭。

「老闆，夥計的職責就是協助你解決問題，不是增添你的煩惱。」阿強說他離職後很快找到這茶餐廳的工作，生活不成問題。「強哥，我們想邀請你出山，協助我們的兒子。」Lawrence 太太誠懇的說，並希望以阿強的經驗為兒子的創科物流公司作為營運總監，阿強欣然答應。

STORY 43
STEM 情網

多情小子 Roger 溫柔的說：「妳合上眼睛，幻想和我一起去咗泰國渡假。」然後送上芒果乾給某集團的女採購員，逗得她哈哈大笑；這小子最懂得討女孩子歡心，他清楚知道生意的癥結就是建立在關係上，他接手的印刷業務營業額節節上升，他的座右銘，一字記之曰「情」。

「每間小學及中學將得到政府資十萬及二十萬元，推動校內 STEM 教育。」Roger 看準了社會大力推動的科創大方向，打工兩年後便萌生創業的念頭，其後找到一間出版社和一所科技公司合作，由他負責向學校推廣教材和課程；Roger 遂當起了小老闆，一年過去了也與十多所學校建立了關係，成績中規中矩。

這位創業小伙子同時加入了某中小企創業商會，其後更出任了商會的副會長，他期望在創業路上得到相互扶持，也能得到更多政府方面的最新資訊。「收到風！學校的資助下年將大幅增加。」Roger 從某資深會員口中得知最新消息，他決定多招聘同事盡快打入這炙手可熱的學校市場，樣貌娟好的 Amy 是其中加入的成員。

未知是市場潮流未到，還是政府政策未能落實，Roger 團隊就是做不出理想的成績。「每間學校只想先試免費樣品。」「他們定單的金額未夠食飯和搭車。」同事道出了學校的銷售情況，Roger 也懶得「動之以情」去跟負責採購的老師建立關係；無奈公司一闊三大，半年下來已經虧損了超過五十萬元，Roger 頭痛不已。

「Amy 妳合上眼睛，幻想和我一起去韓國追星。」然後送上熱爆全城的 BTS 防彈少年團演唱會門票，逗得小妮子哈哈大笑；Roger 主動追求 Amy，兩人開展了情侶的關係。「有妳的支持，我們公司一定會成功。」Amy 其後自動減薪，更每天工作至夜深，她相信公司前途無限，她更相信跟 Roger 的未來一片光明。

　　「伯母，感謝你借出這 100 萬元，我會努力做好公司。」Roger 那天晚上在 Amy 家食飯，場面溫馨，女方視男方為托付終身的對象，男方繼續動之以情，打動了 Amy 及她的媽媽，公司也有了資金周轉和發展的機會。「Roger 真厲害！」「未婚妻？不可能吧！」其後兩人出席中小企創業商會晚宴，眾會員竊竊私語。

　　「公司負債累累，我不想連累妳，我們分手吧！」公司未有起色，兩人感情轉淡。Roger 最終提出分手，理由是沒空間談感情事，另希望自己獨力承擔公司的債務，不想白白浪費 Amy 的青春；兩人哭得死去活來，欲斷難斷。不過，女方媽媽其後決定入稟法院追討一百萬元，Amy 卻心存內疚，埋怨媽媽在男方最困難的時候仍然追債。

　　當日兩母女也有出席法庭應訊，惟不見 Roger 蹤影。「請問妳是否公司代表？」法官問在場的一位女子。「對！我是公司董事，公司負責人 Roger 的妻子。」Amy 和她媽媽當場暈倒。

古靈精怪東南亞

「零爽衫試蝦、壳隻 bat 膠涉。」
Henry 不僅懂得用泰文數 1 至
10，一年多的訓練已令他能以泰
語對答如流，正如他的科技業務突飛猛進的發展至東
南亞各地，當中一些怪異經歷真的聞所未聞。

「每個 $40、$100 三個，$500 再九折。」當日某零售客戶要求 Henry 開發的 POS 系統有折扣功能。「買滿 $200 自動成為會員，以後每次消費享有 85 折。」另一大型連鎖店請 Henry 在其系統加入會員制度。香港作為購物天堂，零售行銷手法五花八門，吸引顧客之餘也令零售科技公司練得一身好武功；近年的手機支付及雲端技術，Henry 公司也勝任有餘 —— 直至那天出現了泰國客戶素察 Suchat。

「偷泥（幾多錢）？」Suchat 對 Henry 公司的 POS 系統感興趣，在零售科技博覽會上兩人首次見面，但雞同鴨講。「平平（好貴喎）！」Henry 胡亂點頭回應。「屎狗（白色）die 咪 die（得吾得）」Suchat 指著 Henry 白色裇衫，兩人誤以為言語間有得罪之處，更差點打起上來。後來得悉 Suchat 家族在泰國擁有最大的西裝、裇衫及皮鞋零售店舖，希望可以購買 Henry 的系統增加競爭力。

這創業家遂飛往泰國與 Suchat 公司商談，但就得悉這個項目有兩個競爭對手，包括泰國當地及國內的服務供應商，他們更願意提供當地技術支援。Henry 本著「既來之、則安之」態度，當日繼續要求客戶電郵 user requirement 給他。誰知那晚他吃完飯回酒店上網，竟然收到其他兩家供應商的報價單，

而 Henry 的零售管理系統比他們更先進及價格更優惠，最後就這樣成功拿下定單，開拓他在東南亞市場的首站。

「馬來亞春色綠野景緻豔雅......」Henry 和家人應朋友邀請到馬來西亞旅遊，進入某商場時被掛上迎賓的花環，醒目的 Henry 嫂發現得到熱情款待之同時，購物或飲食也需付出更高的價錢，很明顯這「花環」是水魚的標誌。Henry 遂往投訴並鬧至管理層，靈活的香港人由顧客變身推銷員，趁機介紹其零售管理系統，以及辨識 VIP 尊貴客戶的功能；三個月後順利打開了馬拉市場。

「香港做創新科技可以是一個 demo site，我們要設法走出去發展更大的市場，首先進軍隣近的東南亞......」Henry 在研討會點頭認同嘉賓的分享，「香港製造」的確在東南亞市場有競爭力；明天他準備乘搭飛機前往越南，可能又有古靈精怪的事情發生幫助他拿下定單，繼續打開東南亞市場。

STORY 45
我的港女老婆

電視機正播放《我的港女老婆》作者咳神的訪問，他之前跟太太 CaCa 分開了。主持人問道：「你會再結婚嗎？」咳神回答：「見過鬼仲唔怕黑咩！」顯示他對香港女孩子已心死。創業家 Gordan 卻有另一番見解，他數次創業也有港女作為拍檔。

曾聽說選擇創業拍檔比婚姻伴侶更困難，不單拍檔之間要懂得和諧共處，更要共同有賺錢能力，缺一不可。Gordan 十多年前首次創業開辦了地產代理公司，找來了表姐妹 GiGi 和 YoYo 作為拍檔兼小股東，滿以為可以在地產市道暢旺時大展拳腳，結果卻是惡夢的開始。

　　表姐 GiGi 對客人無微不至，有時甚至過分熱情；表妹 YoYo 屬衝動派，主動好勝。「七字買不得，是何生的宗旨。」GiGi 叮囑 YoYo 不要胡亂替客戶選擇。「何生公子獨愛七字。」GiGi 懷疑何生這大客戶被人搶奪，兩人幾乎大打出手。兩表姊妹終日嘈個不亦樂乎，把所有錯事責任歸咎於 Gordan 這男拍檔身上。他忍受不了其後退股，竟然兩表姊妹可以繼續合作，屯門的小店依然健在。

　　嚴格來說 Gordan 在第二次創業沒有女性合夥人，而 Sammi 是他拍檔的未婚妻，是公司的財政大臣。這女孩持家有道，精打細算，當年在德國法蘭克福的展覽中，Gordan 和同事每人每天只獲發十歐元零用錢，不夠買兩杯啤酒，眾人叫苦連天；那次 Sammi 也有同行更在攤位內煮食，結果公司被主辦單位警告並列入黑名單，翌年再不能參加展覽會。

　　Sammi 也有令人佩服的地方，她每次也能為公司爭取到最大的利益；她慣常施以「吊高嚟賣」及「普通貨扮上菜」的招數，配上她溫婉可信的眼神，往往令供應商及客戶死心塌地。「乜都唔識但又要求同事乜都識。」、「諸多要求，自己永遠是對的。」同事對 Sammi 甚為不滿，Gordan 在耳濡目染下，也感覺這女人很難相處，在一次旅費報銷中與她爭吵，之後便退股及獲得一筆資金。

　　Gordan 嘗試以天使投資者身份出席創業活動，當日他在一個創業比賽中，發現十多隊伍中只有一位女性參賽者，而大部分男性獲發問較正面的問題，例如「有想過衝出亞洲嗎？」而唯一的香港女性卻得到負面的發問，包括「妳懂得 AR 嗎？怎能保證有理想的出路？」這位女創業家不卑不亢的道出可行的方案，最後更贏出比賽兼得到融資，包括 Gordan 的資金及經驗分享。

　　「你不是說最怕跟港女合夥嗎？」女創業家數月後問 Gordan，他呆一呆在想：「港女雖有百般不是，但專業精神係全世界最好的，誠信更安全可靠，最襯我們港男。」Gordan 拿著這港女拍檔設計的 AR 賀卡，期望有天賀卡的的影像和文字會是他倆，一起延續《我的港女老婆》故事。

STORY 46
水行俠

「公主為何會喜歡水行俠？」觀眾散場步出電影院仍在談論劇情，傍邊的 Anderson 笑著望了身傍女伴一眼，他相信冥冥中自有主宰，過去十年他一直扮演着真實版的「水行俠」，更差點命喪水中。

　　一個花好月圓的晚上，一班喝得酩酊大醉的投資銀行職員，在同事婚宴期間接到公司即將倒閉的消息；翌日清晨時分，各人如夢初醒趕回公司收拾細軟。「你對公司突然結業有何看法？」Anderson 和同事捧著紙皮箱，在公司樓下被近百名中外記者包圍著，這班金融才俊落難的畫面，被傳輸到全球，情何以堪。

　　Anderson 暫別職場並與潛水教練往菲律賓渡假，在寧靜的水底卻未能遠離煩囂，一幕幕在投行工作的畫面湧現眼前，他在那個假期開始寫網誌，把過去近十年投資銀行內的光怪陸離事件公諸於世，其中一篇「被抄家的投行兄弟」在網上更得到極大的迴響，吸引了他有一位已移居美國的中學同學 Marcus 注意。

　　「我們大學正研究出一套神奇泳衣，超輕及低阻力設計，以高科技熔接至完全無皺。」Marcus 在電話告知這相當於呼吸的魚類皮膚，穿上後儼如人和魚合一，加快速度百分之十，他尋求 Anderson 協助融資；其後他們和一班投資人在美國加州見面，Anderson 更親自試過這神奇泳衣，測試感覺良好，更作出了人生的首個項目投資。

不幸的事件接二連三，國際泳聯宣布全球游泳比賽禁止特製的泳衣，各運動品牌隨即停止相關的研究及投資。Anderson 和一眾投資人的錢均化為烏有，兩位老同學更反目成仇，自此 Marcus 人間蒸發，沒有人再看見他的蹤影了。

　　Anderson 開始明白「力不到不為財」的道理，投資或創業也不能假手於人；熱愛水上運動的他其後與潛水教練開設潛水學校，他親自參與營運及管理，更破天荒引入了網上系統，提供潛水知識及配對教練與學員；這個他以為是天下無敵的科技平台卻因為人為因素而倒下了。「教練疏忽！潛水學員危在旦夕！」新聞的茅頭直指潛水學校，生意一落千丈。

　　這個當年「窮得只有錢」的投資銀行要員，經歷投資及創業失敗後至負債累累；他準備參與公司最後一次潛水團後便回港申請破產，他在旅途期間在網上發文惜別創業夢，幻海奇情出現了，竟有位女性隨團學員 Madeline 閱文後主動開解他，兩人在水中攜手潛行，在地面形影不離。回港後 Anderson 更加入 Madeline 家族的公司成為投資顧問。

　　「《水行俠》好看嗎？」Anderson 問傍邊腹大便便的太太 Madeline。「BB 不斷踢動，他應該很喜歡看。」她微笑回答。「新水行俠」將於今年復活節出世。

STORY 47

瘋狂外賣

「**張**枱有咁窄得咁窄，張櫈有咁迫得咁迫，咪等啲友仔坐得咁舒服，食完哼哼聲好走 ......」在中環上班的 Stephen 每次看電影《食神》的對白也身同感受，當年為了保薦外賣仔間餐廳上市，他和同事發明了「返枱數」的生意額計算方式，今時今日不論大小餐廳也以此作為標準，中環人外出午膳愈來愈痛苦。

「民以食為天，飲食生意一定有得做。」Stephen 游說同事 Allen 一起搞外賣 app，更笑說既然外賣仔都可以上市，外賣 app 發展潛力會更大。兩位金融才俊其後跟 Startup 專家 Peter 聯繫上，兩人聽從專家意見先找出市場痛點，發掘自家的優勢；他們花了數月時間去比較市面上各款外賣 app 及其特性。

本地薑「小胃王」主打茶餐廳外賣，但用戶體驗並不理想，加盟店數量很少；「住家菜」剛贏了創業比賽大獎，不過其招募師奶成為加盟廚師的做法太冒險，食物質素參差更有潛在衛生風險。來路 app「袋鼠食物」只有鬼佬餐廳青睞，在香港暫不成氣候，「快遞佬」主打食物運送，仍在瘋狂燒錢的階段。

這個三人團隊得出了結論，港人口味的外賣午餐及下午茶有極大市場，特別在繁忙的商業區；他們一起創辦了「Plantain 芭蕉」外賣平台，取其營養豐富又能填飽肚子的意思。三位創辦人知悉平台必須有穩定的食物供應商及首批支持客戶，Stephen 和 Allen 找來了他們曾提供金融服務的酒樓集團合作，由其中央廚房提供烹調及備餐服務，鞏固食物質素及滿足未來大量訂單的需求。

「首批客戶非常重要，若招攬他們成為股東，每人投資三十萬元及送上等值三十萬元的餐券給他們，就一舉兩得。」Peter 這位 Startup 專家經驗豐富，Stephen 和 Allen 更草擬好金融投資計劃書，同一時間賺取資金及用戶；他們最初針對中環的高端客戶，其後更食髓知味，其他地區及小額投資數萬元的股東均無任歡迎，種下了令 Plantain 萬劫不復的禍根。

資金充裕、市場龐大、Plantain 大量招聘人手，在各商業區設置派飯點，客戶由手機落柯打後便可在附近派飯點取餐。平台業務迅速增長，員工數目半年內增加至二百人，創辦人更誇下海口指公司計劃於兩年內上市。

可惜蜜月期很短，不夠半年時間已開始出現危機，公司燒錢速度比賺錢速度更高，創辦人不斷招攬新的股東，大小通吃，也應股東要求在不同地方設置取餐點。

那天某位股東兼客戶一口氣訂了近一百個午餐飯盒，Plantain 同事預早向食物供應商訂購並於當日早上 11 時左右取得，然後舟車勞頓送到客戶公司樓下的取餐點，當日正值烈日當空，午餐飯盒長時間曝

曬令食物變質，導致超過十人進食後出現肚瀉等食物中毒徵狀並需送院救治，引起全港嘩然；事後食物供應商劃清界線，股東及客戶相繼投訴，人人聞「芭蕉」平台而色變。

資金供應鏈斷掉、食物供應鏈失衡、股東關係糾纏不清，Plantain 無以為繼，於去年尾大幅裁員。「我犯了一個任何 Startup 都會犯的錯誤。」Stephen 強調公司過度擴張，基本功夫未夠紮實是失敗原因。他笑說自己就如電影《食神》內的 Stephen Chow，要閉關修煉後再戰江湖。

近日江湖傳聞，金融人 Stephen 已連環投資多間科技 startup，江湖將再掀起一番腥風血雨。

真心英雄

心話（Truth or dare?）》這集
體遊戲玩法簡單，以旋轉筷子或
酒樽等作為工具，被指到的人便
是輸家，必須以「真心」回答問題，不願意回答便需
接受懲罰，例如被罰飲酒。

那年夏天，一班青年商會的好友組團到韓國
遊玩，購物朝聖加美食，每天也笑聲滿載；團員

Andrew 和 Benjamin 更彷似有用之不盡的精力，每晚也把當日拍攝的相片和短片，共同製作五分鐘的精華片段，配上生鬼惹笑的對白，成為宵夜的餘興節目。金融從業員 Carson 心生一計。

當晚大家欣賞完兩人製作的短片後，Carson 隨即帶領大家玩《真心話》遊戲，Andrew 和 Benjamin 不約而同說出了加入青年商會的目標，就是能為土生土長的香港作出貢獻，Carson 藉遊戲托付真摯的感情，邀請兩人共同幹一番大事業。那晚三人一拍即合，誓有「桃園結義」的氣蓋，他們目標能夠拍攝出一百個香港動人的故事。

「每個故事最後都由主角講出真心話，以勉勵每位香港人。」Carson 愈說愈激動，更提出由他們三人自資拍攝。三位發起人以誠意行先，不計較金錢，每星期製作一個動人的香港故事。三人坐言起行，不到大半年的時間，已經拍攝了超過 30 個故事。「不屈不撓的歌女」、「屋邨的上市公司主席」、「運動員背後的恩師」，短片在網絡上引起了極大迴響，好評如潮。

「真心話的理念非常正面，希望我們香港人也能真心真意的幫助弱勢社群，就如 Carson 和他的團

隊，付出而不計較回報。」其中一集「科技英雄關愛社區」的主角在短片結尾時說道。當日拍攝順利完成，眾人準備離去之際，Andrew 從洗手間出來卻驚見 Carson 和科技英雄發生了口角。

「如果你係要我購買金融產品，可以預先跟我說明，我也不一定會參與拍攝而浪費了大家的時間。」科技英雄怒氣沖沖的說，但 Carson 也不遑多讓，予以還擊：「我們全部是義工，但拍攝團隊也要食飯，你口說關愛社群但原來基本對人的尊重也沒有。」Andrew 看在眼裏感到不是味兒，他真的是全心全意付出成就一件大事，更從來沒有收取分文，但他竟然成為了販賣金融產品的匕首，他的心碎了。

那天晚上他收到了 Carson 的通知，不需要為「科技英雄」的短片進行後期製作，而又約定他和 Benjamin 準備下一集的拍攝工作。Andrew 在家呆了半響，他感覺這個家有點陌生，牆壁好像換了掛畫而他也竟然不知，他過去大半年因為日以繼夜的進行拍攝工作，冷落了家人而感到內疚，成了別人的搖錢樹而感到痛心。

「Carson、Benjamin，不好意思！我想多點時間陪伴家人，暫時未能進行拍攝工作了。」Andrew

沒有把事實告訴 Benjamin，卻非常感謝這位曾與他通宵達旦工作的好夥伴；另他聽完 Carson 最後一個電話留言後便沒有再跟他聯絡了，留言如下：「Andrew，請你一定要堅持，我們在五十集將邀請到真心英雄的大明星來拍攝！我和你都會成功！」

真心英雄？ Andrew 搜尋了一下網絡便懶得再看下去了；真心英雄只是虛構的角色，現實世界的主角可能是荒淫無道的色鬼、敲詐錢財的奸商、矮化香港人的小丑。

他決定日後不再玩《Truth or dare?》這種無聊遊戲了。

包裝之星

科 創界真的缺乏女強人嗎？如果你認識
Karen，便知道答案是否定的了；這位心思
縝密、外柔內剛的女創業家，十多年前由
併購一間深圳手機遊戲開發公司開始，現在已經晉升
為國際科創界的女投資人，她最擅長的是把科技公司
重新包裝和建立價值。

「五年後可晉升副經理，十年後有望成為分行

經理 ⋯⋯」Karen 大學畢業後進入一金融機構當練習生，她對漫長升職的仕途興趣不大，工作之餘她同時兼讀某大學的 EMBA 課程，主要為拓展人脈，同時為自己未來謀求更理想的出路。

「人脈是做生意致勝關鍵。」Karen 有確切的體會。

「我在投資銀行做 buy-side，當然希望找到理想的項目。」EMBA 同學 Warren 是投資方，當年智能手機興起，他的公司研究部相信手機遊戲市場大有可為，正在尋求投資的機會。Karen 透過在金融機構的客戶，認識了國內某遊戲開發商，遂把他們其中一款手機遊戲重新包裝，並找來明星代言，最後成功把這遊戲售予 Warren 的公司，兩人後來結為夫妻，在班上成為一時佳話。

兩夫妻其後創立科創投資基金，在創業初期 Karen 不斷出席國內外的創業會議，增加機會認識創業圈不同的朋友，但每次花費機票、酒店、入場券等約數萬元，就是看著台上的嘉賓發表偉論。她其後找來兩位外籍人士掛名成為基金合夥人，更索性把基金名字改為「高寶創投（Global Venture）」，以創建全球投資網絡為口號，同時把

自己包裝為國際投資機構 CEO，遂漸成為每次創業講座的主講嘉賓，省卻旅費入場券之餘，更以高姿態認識與會 startup 創辦人。

「Your ego is not your amigo！」Karen 以英語訓斥某公司創辦人自視過高，不懂放下身段跟下屬溝通，其後鼓勵他去山區服務貧窮的兒童，此人回來後價值觀真的有所改變，不僅懂得尊重他人，對下屬不恥下問，更主動聯絡競爭對手，願意共同發揮所長，造福社會。其後公司形象改變過來，在 Karen 背後策劃下成為傑出新星品牌。

「點睇我的 Demographic 社交平台？我們背後有一班金主，目標兩年後可以成功上市。」前電視台高層 Joseph 介紹說，並尋求高寶投資基金的幫忙。Karen 花了三天時間不眠不休的研究，發現平台以男性居多，內容樸實但沉悶，十數萬用戶中一半也是台灣朋友，她閉上眼睛便在模糊之中睡着了。

「點解你要害我？」她在夢中看見一頭白髮的自己向她抱怨，嚇得她魂飛魄散，驚醒後馬上衝去洗手間照鏡，幸好並沒有滿頭白髮但她的確面容憔悴。

Karen 有了啟示，女性內心就是要好好保養自

己的身體。她恍然大悟，將 Demographic 平台加進日常女生的內容，美容護理、生活瑣事、八卦趣聞等互動資訊，旋即吸引大量女性粉絲，半年內 fans 數量激增至一百萬。Karen 也更懂得打扮，每天明艷照人、心境暢快。

「我要將你太太包裝成為社交名媛，有助提升平台的知名度。」Karen 向 Joseph 建議。現在，最近任何剪綵儀式、慈善活動、名人飯局等也會見到 Joseph 太太的蹤影；Demographic 社交平台人氣持續高企，半年後更吸引到國內「美旋」入股，成為中港台最流行的女生平台，上市不日公布。

後來 Karen 為 Warren 誕下女兒，有機會成為下一代「包裝之星」。

STORY 50

懷舊遊戲戰

根據電影《逆流大叔》宣傳單張上的測驗結果，Kenny 已確定自己步入大叔「不惑之年」，最明顯並不是短褲加涼鞋的大叔永恆配搭，也不是踏上公共交通工具後校服女生會自動彈開的實況，而是他確實是過分沉迷八、九十年代的任何產品，包括他最喜愛的電子遊戲機。

　　數年前，Kenny 在社交媒體開群組，把遠古時代遊戲機的故事跟人分享。「雅達利（Atari），你見過未？」「復古遊戲不輸於電競遊戲。」「往年往事，有情有義！」群組短時間內聚集了一班復古遊戲的愛好者，大家不斷把自家珍藏放上平台跟人分享，從雅達利、任天堂紅白機、到世嘉 Saturn 家庭遊戲機；從《魂斗羅》、《街霸》到《孖寶兄弟》；更有數位大戶展出大批私人珍藏，在平台上掀起討論熱潮，好不熱鬧。

　　Benson 偶然路過群組，被眾多的復古遊戲機吸引，他眼前一亮更閃起了一個念頭；他開始每天跟群內各人相互交流，跟網友混熟之後很快便提出舉辦「復古遊戲機展覽」，復古珍藏遊戲機大募集便正式開始。Kenny 和改機達人 Matchy 及眾多網友相繼借出珍藏，足以放滿一個 20 呎的貨櫃箱。

　　展覽順利舉行，吸引了大批傳媒爭相報道，Benson 的風頭一時無兩。「無論是 Capcom 還是 SNK，他們當年的作品各有吸引玩家之處。」Benson 答得有板有眼，他續稱：「展覽希望年青人能體會到上世紀遊戲機的黃金年代！」這位儼如復古遊戲機的代言人，其後更建立起網站銷售遊戲產品，又推出雜誌吹捧為復古遊戲天王。眾網友看在眼裏，

心裏不是味兒，這種借他人遊戲機珍藏而成名的伎倆，惹來網民竊竊私語。

「瘦田無人耕，耕開有人爭！」改機達人 Matchy 和友人另起爐灶，更開設懷舊遊戲機的門市，他們對這「新興」的復古遊戲機市場充滿信心，一塲老餅遊戲市場爭奪戰正式揭幕。Benson 繼續發揮其「借機成名」的本色，找來老外的「PS 超任原型機」大做文章，鞏固其懷舊遊戲天王的地位；Matchy 則打着將遊戲文化傳承的旗號，多款復古街機在店內免費試玩，又提供 HDMI 舊機改裝服務，Matchy 成了炙手可熱的改機達人。最令人始料不及的是，Kenny 這位大叔也成了兩邊拉攏的對象。

Benson 向 Kenny 大獻殷勤，邀請成為展覽顧問，更跟他一同接受媒體訪問，不習慣面對鎂光燈的大叔 Kenny，頓時成為了遊戲界的 KOL。「月光寶盒的遊戲多到不得了，有深深的回憶和感動！」他兩句說話便令這產品大賣特賣。那邊箱 Matchy 也聘請 Kenny 到日本和東南亞入貨，旅遊順道賺錢。Kenny 樂在其中，他萌生了一個歪念：「去旅行，賺到盡。」

市場瞬間出現了「水貨、假貨、翻新機 ......」，更傳出有漏電的狀況，人人望懷舊遊戲機而色變。

Benson 及早跳船，馬上公告天下自己配合政府發展「電競」事業，不再參與有關懷舊遊戲機業務；Matchy 也壯士斷臂，關掉多間分店更把公司規模縮至最細。懷舊遊戲機熱潮來得快、去得快，被摧毀得更加快。Kenny 也從高峰跌落至谷底，「一粒老鼠屎，壞了一鍋粥！」他殺掉了整個行業。

這位本來的「順流大叔」卻創造了逆流，Kenny 繼續望着電影宣傳海報發呆，心中突然哼起了王傑的金曲《一場遊戲一場夢》。

STORY 51
三千煩惱絲

棟篤「子華神」在 talk show 替同性戀、妓女、陳冠希平反，Dickson 整晚笑得人仰馬翻；離場時，他碰到了多年沒見的老表 Gilbert。兩人曾經努力為脫髮的男士平反，他們的生物科技公司差點便可以成功的了。

　　Dickson 在大學帶領數位研究生專注研發抗衰老的藥物。他們的研究主要有兩方面，一是改造特製的蛋白質，使其降低人體內的生長激素效能；團隊亦同時研究某激素的特定基因，以分子鑒定的方法去找出基因序列，從而製成基因圖譜，跟已取得的基因資料對照，發掘激素內基因的功能。

　　那年農曆新年團拜，Dickson 向老表 Gilbert 透露其研究的方向。他說笑道：「秦始皇的長生不老藥並非天方夜譚。」Dickson 解釋已生長的細胞其實也可以逆轉，可以透過生物科技使其回復原始的最佳狀態。Gilbert 好奇回應：「是否可用在頭髮生長上？」他其後更親身上陣成為首位試驗者。三個月過去了，Gilbert 的頭髮變得濃密，而且身體機能更加理想，他感覺年輕多了。

　　生意人 Gilbert 火速投資了老表 Dickson 的科研成果，成立公司並成為大股東；他們雄心壯志，期望在政府資助的四年計劃內便能把公司上市，更計劃推出生髮洗髮精、生髮藥丸，而皇牌產品正是生髮特效療程，每星期兩小時而療程期為期三個月。身為老闆，Gilbert 他有空便在公司內的實驗室進行這皇牌療程，每次先用髮針將頭皮刺穿而再加入由 Dickson 團隊研發的激活素，由專業護理員在頭皮上連續按

摩，每次療程後也令人精神奕奕，感覺回復青春充滿活力。

「Gilbert，我們的生髮特效療程不可能在髮型屋內進行，我反對！」Dickson 認為這是非常危險的做法，因刺穿了的頭皮隨時會受細菌感染，後果可大可小。「Dickson，你反對無效，因為髮型屋相關的生意跟你無關，你只屬於這科技公司的小股東，況且你只會用錢而不會賺錢，你沒有話事權。」Gilbert 語出驚人，令 Dickson 非常沮喪，他相信老表一定是被新相識的髮型屋老闆娘 BoBo 煽動。當晚 Dickson 留下了一封辭職信，離開了他一手創辦的生物科技公司。

兩個月後，BoBo 與 Gilbert 為首間附設生髮療程的髮型屋剪綵開張，廣邀城中名人明星出席，更即場示範其皇牌生髮療程。看示範的名人對 Gilbert 大聲讚美：「You're the King of Hair！」博得全場熱烈掌聲。髮型屋生意其門如市，直至某日電視台新聞報道有關髮針的危險性，詳列外國一些頭皮受感染的案例。Gilbert 如夢初醒，BoBo 其後電話告知當局突派員登門調查。

當晚 Gilbert 回到辦公室執拾文件，驀然發現放

在其桌上 Dickson 的辭職信，他打開一看，內裡有紅色字 highlight「不要在髮型屋用髮針，這會令公司萬劫不復！」他手持這信跑到公司樓下，對著大埔的天空長嘆。電話響起了，BoBo 打電話來告知警察邀請 Gilbert 協助調查，據聞有很多客戶投訴感到不適。Gilbert 對 Dickson 恨之入骨。

　　「搵食啫，犯法呀？」子華神在台上說。Dickson 當晚碰到了 Gilbert 時雙方互不理睬。搵食啫，這樣便失去了一段親情。

STORY 52
薦人系列

傍 晚時份，軟件工程師 Herman 遠處望見舊老闆 Bosco 的背影，步履蹣跚，他早前從舊同事口中得知 Bosco 的公司可能捱不下去了。Herman，這位當今炙手可熱的「AI Hire」首席工程師當然深明箇中原因。

Herman 是 Bosco 當年首位招攬入公司的同事，由暑期工開始一做便是七年，他非常清楚公司發展的人和事；由兩人的 Startup 起數年間發展至五十多人的規模，再由高峰滑落瀕臨倒閉邊緣，這或多或少也與公司招進來的同事有關，不適合的員工做不合適的事情。

「這位女應徵者會考中英文也是 A，又在日本的大學畢業，一定要請她啦。」Bosco 請人非常主觀，他收到三十多份 CV 應徵市場助理，只是隨自己的心意便請了 Anna，短短一個月後發現了這位新同事有點問題。「Bosco，我昨晚發夢見公司火燭，你走不及......」Anna 某日早上跟這老闆說起昨晚的夢境，Bosco 無言以對。「我每次出電郵後，便有另一個 Anna 回覆我，真奇怪。」覺得奇怪的應該是 Bosco，他無奈的叫 Herman 查看，最後發現了一點端倪，應該是 Anna 以另一人的身份回覆每封自己發出的電郵。

「人間蒸發，被失蹤的 XXX！」報紙大字標題報導某知名人士失蹤了，同時列舉了人間蒸發的其他案例，Bosco 赫然發現 Anna 榜上有名，圖文並茂登出她當年在前往日本時失蹤了，Bosco 嚇至全身發抖，他隨即致電該報館問個究竟，報館職員回答資料

是在入境處找來的，他更被那職員揶揄：「你們請人沒有做背景審查的嗎？」Anna 未過試用期便被公司辭退了。

　　Bosco 驚魂未定，他決定日後請人也要搜羅更詳細資料，他引入了大公司的 Aptitude Test（能力傾向測試）及 Group Interview（小組面試）；每次更安排 Herman 做「媒」（在現場扮面試者），收集更多其他應徵者的想法；曾經有應徵者跟 Herman 這「臥底」說了公司壞話，最後當然不獲 Bosco 取錄。間中老闆更會親身上陣，在等候小組面試期間假裝暈倒，測試其他應徵者的反應。這大費周章的招聘工序被同事喻為費時失事，數位獲聘請的新員工最後也沒有上班。

　　Bosco 無計可施，其後經熟朋友介紹認識了 Anita，並聘請了她成為行政及人事經理，這位號稱劍橋大學畢業及擁有二十年工作經驗的女士，竟然書寫及應用英語的能力甚低，卻是個篤信風水的神婆。她最常掛在嘴邊的說話：「我在外邊隨時找到十幾萬一個月的工作，我減薪入來幫忙因為我跟 Bosco 有緣。」這位行政經理帶來了行政混亂，隨心所欲定立了不同的指引，例如公司不能喝凍飲，而每位同事寫字枱底下也有張藍色地氈，有時在發給同事的電郵加

入些古怪的圖案，令人生厭。她的古怪行徑，導致多位同事也離開了公司。

當晚 Herman 上前跟前老闆 Bosco 打招呼，兩人其後往附近咖啡店也談起了有趣的往事。「老闆，那位 Anita 其實只是在 Cambridge 外圍的學店修畢短期課程。」兩人嘻哈大笑，不過 Bosco 笑中帶淚，他如實的告知了 Herman 公司現時的經營慘況，他甚至已經沒有資金推廣生意了。」

「我或許可以幫忙，其實登招聘廣告也是宣傳方法。」Herman 告知他現時已經跟多個求職網站合作，也簡單介紹了 AI Hire 的人工智能招聘方案，他願意免費幫 Bosco 公司做些宣傳，最後這公司竟能多接了生意而起死回生。回想當初，Bosco 正正是在招聘員工上作了很多錯誤的決定，唯一慶幸的是聘請了這公司首位員工 Herman。

創業頭上一把刀

「只」要相信夢定能飛，憑著你志氣會成大器......」課室播著勵志歌曲方皓玟《你是你本身的傳奇》，創業導師 Smart Sir 對着其中一位女學員 Belinda 說：「妳是世上唯一的妳，獨一無二的，就如一塊瑰寶，但必須要經過打磨，然後便可以發光發熱，戰無不勝。」Belinda 雙眼閃出光芒，然後跟其他人一起大叫：「Think Smart！Act Smart！」

Smart Sir 在科創界頗有名氣，曾在電視台拍攝激勵人心的節目，他的創業 Smart 哲學很受歡迎，每堂也跟同學推介他自創的營商心法。

S: Sustainability，M: Market，A: Acceptance，R: Reliability；生意的持續性，市場的接受程度，服務或產品的可信靠性等，也是創業非常重要的元素，但當然最重要的就是最後一個英文字 T: Tutor「你們要找到最好的導師，給你們設計最實用的課程，才有可能達到成功。」Smart Sir 經常自吹自擂。

事實上除了是創業導師外，他也曾經是婚姻專家，挽救了無數瀕臨離婚危機的夫妻感情，曾經有一對富二代夫婦，兩人婚後因工作關係聚少離多，後來男方更被揭發有了第三者，Smart Sir 運用了一些手段助女方擊退了第三者；當晚，夫妻倆在 Smart Sir 的課堂哭得死去活來後更不計前嫌，女方原諒了男方，Smart Sir 可謂他們婚姻的救世主；他非常擅長捕捉人性的弱點，加以踐踏後再激勵其鬥志。

今天在創業的課堂上，Smart Sir 引入最新的眾籌（Crowdfunding）課程；數十位學員

在事先經過設計的環境中，扮演著不同的角色。「這款將會是全亞洲最多人使用的旅遊智能卡，是軍方的技術，不久將來任何人旅行也會帶上一張，在亞洲各商戶賺取優惠。」Smart Sir 介紹時更望向 Belinda 點頭示意；其後學員在引導下扮演著遊客，商戶店主，售貨員等角色，模擬著使用旅遊智能卡嶄新的購物體驗，學員均非常認同，更紛紛送上 $88,000.00 作為投資這旅遊智能卡的項目，每人同時獲得 1% 這新公司的股份，Smart Sir 成功為這嶄新的業務眾籌集資了近千萬元的資金。

Smart Sir 其後跟 Belinda 帶著大部分資金北上，交給由 Belinda 介紹認識的某大機構負責人，成功簽約取得全亞洲旅遊智能卡的代理權，當晚飯後兩人延續親密關係，事後 Smart Sir 仍然懷著感激的心情說道：「謝謝妳，介紹旅遊智能卡項目給我。」Belinda 別過臉冷冷一笑。

色字頭上一把刀！創業導師 Smart Sir 也墮入了這個圈套；他稍後找不到 Belinda 了，這科技公司也人去樓空，整層辦公室也換上了另一家公司的招牌，旅遊智能卡從來沒有在本

港或其他亞洲地區出現過。Belinda，這個曾經是 Smart Sir 一對學員富二代夫婦的第三者，暗中捲土重來，在太帥頭上動土了。

　　課室仍然播著歌曲《你是你本身的傳奇》，Smart Sir 依舊說著 Smart 創業的方法，但他卻說漏了 Sir 字的意思「Sex is Rape」，這「一失足成千古恨」的色情陷阱。

FinTech 奪命金

「如」果你係金融科技的高手,最好隱姓埋名,以免招致殺身之禍。」Kenny 娓娓道來一個金融科技高手的故事:這高手現在隱居香港,他的技術曾經令各大銀行及一眾富豪趨之若鶩。「自從那件事之後,你不會知道他的真實姓名,他偶然會在酒吧喝酒,或許他曾經坐在你的身邊。」Kenny 當晚跟朋友喝着啤酒,愈說愈興奮。

據 Kenny 說這高手名為 Albert（化名），畢業於加州某大學的電腦系，之後更當上研究生，針對人工智能（AI）在金融市場的應用進行研發。Albert 其後跟教授得到大學資助而創業，他們十多年前已經認定金融科技是未來趨勢，將來可能取代數以千萬計的銀行職員，而當中最賺錢的正是外匯市場。

「全球有 30 多款流通的外匯貨幣，現時坊間包括各大銀行的落盤程式，最快只能於一秒或更長時間才能提出建議，我們的人工智能可以做到零時差，即時建議落盤及買賣。」Albert 走訪不同銀行，介紹這套他們花了五年時間研發的新技術，更告知其準確性超過 97%。

「我們的人工智能，分析了過去三十年各大金融市場波動的重要數據，每天不斷學習着當中的變化，反覆落盤再汲取其每次交易的經驗，能準確預知下一秒的市場結果。」Albert 和教授正跟美國某大銀行介紹這項創新發明，整個外匯部的主管也為之嘩然。

當晚 Albert 收到教授的電話，說道：「不要再嘗試推介給銀行了。」教授說下午看到銀行職員驚惶的表情，他不忍心為銀行帶來新一次的裁員潮。

Albert 持反對意見：「科技就是要叫人進步，汰弱留強是必然的事實。」他們兩人五年來首次發生爭執，最後 Albert 決定離開而獨自發展。

他先在某東南亞國家安頓下來，偶然的機會下更認識了富豪中間人 Kenny；Albert 隨即把商業模式改變過來，他跟富豪一起開設投資戶口，由富豪出資，利潤則二八分帳。Albert 經 Kenny 介紹而認識了很多富豪，他清楚知道富豪並不是紳士，有些是毒梟，更多是狂人，但他也能跟他們合作賺錢，直至他遇到了千島國的前總理夫人。

那天晚上 Albert 進入了夫人的金庫，閃爍耀眼的金磚層，花碌碌的鈔票堆，還有那過萬雙的名鞋，令人目不暇給；夫人告知已預留了一層金庫，等著擺放由 Albert 新賺回來的鈔票和金磚，夫人當晚在晚餐時更提出了要求，要 Albert 留在她身邊兩年。

Albert 心知不妙，他示範的程式當晚也失靈了，連累夫人輸掉了數萬美元；其後訛稱身體不適，先行回酒店休息。當晚 Albert 趕忙收拾細軟，準備漏夜離開，殊不知在機場已經遇上人員手持他的相片，似是追捕而來；慶幸當晚 Albert 仍能成功登上飛機，輾轉來到香港，卻收到風聲說前總理夫人極之憤怒。

　　「Albert 不斷的改名換姓，聽聞隱藏在香港某處，但經常轉換身份，這一切直至夫人的影響力減低……」Kenny 喝完最後一杯酒及道出了這個故事的結局；但自此之後，再沒有人見過 Kenny 了。

STORY 55
深宮計

有 人說：「天下有二險：江湖險，人心更險。」每家初創企業成功與否，創辦人不單要面對江湖險惡，更要懂得收買人心。三位小女子機緣巧合下創辦活動推廣公司。

　　她們各有所長：Mimi 是 PR 高手，曾籌辦多個遊戲及科技相關大型活動；Katie 是富經驗的推銷員，曾在某團購公司長期穩站業績首位；Laura 主管內

政，畢業後當上某大集團的行政秘書，會計人事管理等一手包辦。這是天衣無縫的組合，三位創辦人共出資 900,000 元，開展她們的初創企業。

「我們要比同類型公司突出，除活動外，我們可兼做 e-marketing 工作。」Mimi 希望公司可以在線下及線上提供服務給顧客，Katie 和 Laura 深表贊同，Laura 更引薦了一位舊同事及專家 Raymond 加入幫忙。三人用心經營，Mimi 和 Katie 也從舊公司帶來一批顧客，不到一年，她們的公司已經在業界打響名堂。

「《Facebook》和《IG》不是同一個帳號嗎？客戶問為何一邊有廣告另一邊卻沒有？」Katie 正在投訴。「示範的那個 event app 完全唔掂！」Mimi 埋怨自家產品沒有做好。「請馬上安裝好 server 及新同事的電腦！」Laura 急著處理。

Raymond 三頭六臂也未能處理好每天工作，他周旋在 3 位老闆娘之間也疲於奔命；今天又被 Katie 捉去一起見客戶，解釋公司能提供的科技服務範疇......於是，很快傳出了 Raymond 有意離巢的傳聞，三個女人正在私下商量對策。

「一定不可讓他離開，他掌握了公司大部分的客戶資料，還有幾個 app 的數據及 source code。」Katie 非常擔心；「他最近和 Katie 的副手行得很埋，我們真的要小心」Mimi 補充；「都怪我們全部重要的事也交托他做，也沒有任何 backup」Laura 感嘆的總結道。

他們三人正懷疑 Raymond 正另起爐灶。

三位女生想好方法，既可讓 Raymond 離開，又可跟他繼續聯繫，防範他對公司日後造成傷害。那天傍晚，Katie 相約副手和 Mimi 及 Raymond 在公司打麻將，有說有笑，突然 Laura 從旁邊的房間出來，投訴他們聲浪太大及不應在公司玩樂，更激動的推翻了麻將，Katie 和 Laura 開始對罵繼而動武，其後矛頭更直指 Raymond，Katie 拿起物件向他擲過來，最後 Mimi 出來擋駕不幸受傷了，Raymond 非常感激 Mimi 的奮不顧身。

Raymond 稍後和 Mimi 在餐廳晚餐，Katie「剛巧」同時帶副手經過。副手目睹兩人在打情罵俏，當下對 Raymond 心死。Mimi 當晚同時訴說跟 Katie 和 Laura 意見不合，打算退出另起爐灶及邀請 Raymond 成為股東。這小伙子聽後大喜並說願意相

隨，更和盤托出了準備跟 Katie 副手跳槽的想法，甚至兩人還未曾拖過手的事實也一併說了出來。

Raymond 遞交了辭職信，他決心幫助 Mimi 闖天下，更為「緋聞女友」出一口氣，臨走時寫下了一句「用人不疑，疑人不用」給 Katie。Mimi 成功將 Raymond 收為「清兵」，利用她的新公司試探其他公司在市場上的軍情，避過了對手多次追擊，但最重要的是可以把三人公司的所有資料掌握。

電視上正播放最新的電視劇《深宮計》，Raymond 說：「這些女人真厲害！」Mimi 隨即把電視機關掉及著他早些上床睡覺。「BB，你早點睡覺，明天還要早起工作。」Mimi 稍後外出會合兩位姊妹，今次她們三人的目標是國內來的大款，她們已想好計劃，準備今晚試演一次；她們將借助大款的資金將公司放上股票市場。

ICO 黃金花

首 次代幣發行：Initial Coin Offering，簡稱 ICO，是用區塊鏈（Blockchain）把使用權和加密貨幣（Cryptocurrency）合二為一，專為開發、維護及交換相關產品或服務進行的融資方法。

Michelle：「你點睇 ICO ？」

Ronald：「這個是 Startup 最新籌募資金的方法。」

Michelle：「優點和缺點呢？」

Ronald：「優點是可以短時間內得到資金，透過智能合約（Smart Contract）在市場上實踐創新的理念；但缺點是市場機制仍未成熟，容易墮入商業陷阱因各國政府監管條例也有所不同。」

Michelle 是傳媒業界的黃金花，卻盛放在頹垣敗瓦的狹縫間；她曾帶領某文化集團遊走兩岸四地，堅持創立最有價值的中文文字內容。Ronald 被喻為跨媒體的長青樹，曾努力為業界遮風為年青人擋雨，他為 Michelle 新創的平台出謀獻策，更答應成為始創的投資者。

Michelle 曾經為前僱主的平台東奔西跑籌募資金，但最後不想受制於金主背後的目的而決定作罷；這女強人也鼓勵同事多爭取廣告客戶的支持，奈何網上廣告的收入其實不足以維繫公司的基本營運；其後她嘗試用眾籌平台向公眾募集資金，把理念坦誠的告訴讀者及支持者，反而贏得數千人的支持；Michelle 清楚知道選擇站在群眾一方是正確的，也確定有深度的好文章會得到認同。

當晚兩人談至夜深，期間更邀請了負責技術的好友加入討論。他們覺得獨立自主的媒體透過 ICO 得到資金的做法並非天方夜譚；其中最重要的就是如

何令內容產生者得到應有的回報，成功的話，優質的內容便可以透過平台持續產生下去，生生不息。

他們確定以 ICO 形式直接發行加密貨幣 Medal（勳章）。Michelle 和 Ronald 首先投入早期資金，給予這新建的平台有良好的運作，而早期內容也是免費給讀者收看；預計半年後平台加密貨幣 Medal 將會推出，用戶就必須要付費購買 medal（勳章）才能加入這個社群參與活動，有勳章才能發文，而發文便有機會獲得其他讀者送贈的勳章，所以不只是付費，更有機會賺錢；加密貨幣的價值也因為用戶的支持度增加而提升，令持有 Medal（勳章）的用戶也相繼賺錢。

這個用於中文內容平台的加密貨幣回報機制，的確是嶄新嘗試；但市場千變萬化，未待 medal 推出市場，已經有另一平台打著相同的旗號，率先發行其加密貨幣「ReadCoin」，此競爭對手同樣標榜文字創作內容的價值。Michelle 和 Ronald 也大為震驚，始終「頭啖湯」被搶喝的感覺並不好受。

那天早上 Michelle 更從電視新聞得知，香港證監會將加強監管 ICO 活動，她隨即致電告知 Ronald 和相關同事，並於當日早上召開特別會議商討對策；

雖然港府今次主要針對屬於證券相關的虛擬貨幣，但各人也認為對市場上新一輪的 ICO 活動，包括 Michelle 那創新的文字內容平台，將帶來極大的影響，公司團隊的軍心正開始動搖。

「Michelle，對不起！我想我未能參與 Medal 這個項目了，我年紀大要顧慮的事情相對較多。」Ronald 道出了他的心聲。他認為作深層報道的中文內容，建基於大時代的大事件，這些大事件也普遍跟政治議題相關。「我昨天起床後，有把聲音告訴我應該追求的是和平的國度。」Ronald 顯然正在自我審查，他已缺乏了在大時代堅持新聞自由的勇氣。

這晚上 Michelle 納悶的看著香港電影金像獎頒獎典禮，得知毛舜筠憑《黃金花》一角奪取最佳女主角獎項，她精神為之一振；她覺得自己儼如傳媒界的黃金花。「就算孤荒，路旁盛放，暴雨灑過後尚有希望！」競爭對手的出現，政府加強監管，創始人突然「跳船」，這一切也沒有打擊這女創業者的信心。

她今天晚上完成了 ICO 的信用協定白皮書（White Paper），準備用科技與文字深層的見證這大時代發生的一切。

Kill The Market

在亞洲最大的電子產品展，Joshua 公司的展位異常突出，多位型男索女推廣員均穿上黃色的李小龍戲服，每隔十五分鐘會一起表演功夫，然後大嗌「Kill The Market」，宣傳活動吸引眾多海外買家圍觀，展覽旺丁旺財。「We offer the lowest price in the world！」Joshua 每隔 1 小

時更會粉墨登場，拿著一件 USB 記憶手指，然後以一半的市場價接受定單，掀起一陣的搶購熱潮，最後一起大嗌「Kill The Market！」。

這位祖籍歐洲的商家，最懂得掌握市場營銷和客戶心理，他老遠的跑來香港，一心要在亞洲金融市場大展拳腳。

「客戶投訴 USB 的 memory size 只有標籤上的 90%。」市場經理 Catherine 每日也遇到客戶的投訴，她循例的告知 Joshua。「告訴客戶要做到他的目標價，當然要犧牲一點質量。」公司最後多補 3% 的貨品，便把投訴處理好；質量和數量在 Joshua 心中，就是這麼容易取得平衡；但他並不知道其實他正在摧毀整個市場。

上得山多終遇虎，某天 Catherine 接到一位美國客戶投訴，指責收到的 USB 貨不對辦，控告他們工廠違反合約協議，最後 Joshua 敗訴，賠償了過千萬的款項，更令 Joshua 決定放棄工廠。他進軍金融市場的大計頓成泡影。

當年適逢團購網在全球興起，Joshua 認為自己最有能力在這方面發展，他更派遣 Catherine 加入了

其中一間龍頭公司，著她找出致勝錦囊；Catherine 不負所托，研究好營運模式，她也認為 Joshua 絕對有條件做好團購生意，更為當中竅妙寫下了錦囊，準備適當時候便交給 Joshua。

團購網「Buy Crazy」在香港應運而生；Joshua 每天也訓導業務人員，令他們知道團購不僅幫忙商戶，也提供更便宜的服務和商品給大眾，造福人群。「Buy Crazy」很快成為了香港的龍頭團購企業，每天處理數以十萬計的定單；乘著團購熱潮的大趨勢，「Buy Crazy」成功在澳洲上市，「Kill The Market」的口號響遍整個亞洲。

有天晚上公司每月例會後晚宴，Catherine 以「Buy Crazy」的折扣訂了自助晚餐，Joshua 和某幾位同事卻於餐後不適，需送院診治；最後發現是食物不乾淨，海鮮全是隔夜的貨式，Joshua 深知是餐廳將貨就價，他知道團購的末日已經來臨；Joshua 決定一夜之間把「Buy Crazy」生意結束，由於他早前把公司股份悉數賣給上市公司，已經成功套現現金，可憐的是一眾小股東。

「Buy Crazy」倒閉的消息一出，Catherine 獲贈的上市公司股票頓時成為廢紙，她感到非常無奈；

那天她回公司收拾細軟，猛然記起當天沒有親手交給 Joshua 的錦囊。她打開一看，寫著：「Kill The Market and all suffer！」她知道 Joshua 的營商手法是損人不利己的，最終也會招致失敗，事實上已經兩次證明他的所謂「Kill The Market」策略徹底失敗。

　　Catherine 決定永遠不會給 Joshua 這個錦囊，她同時叫所有朋友遠離加密貨幣（cryptocurrency），這個 Joshua 正在全程投入的項目。

STORY 58
星戰後傳

觀眾看完電影《星球大戰 8》均大讚特技出色，劇情峰迴路轉，是最精采的《星戰》系列；Roberto 步出戲院時閃過了下一集的故事構想，這位前星戰道具工程師，一直在演活著星球大戰的後續故事。

　　二十多年前，Roberto 首次參與荷里活電影製作，他負責特技化妝及道具設計，更有幸參與製作彷真機械人；他的工作態度非常認真，每項細節也一絲不苟，其後更獲邀參與《複製人戰爭》的籌組工作，Roberto 的機械人幾可亂真，不但物料選取適宜，每個機器動作也與真實人類相近，唯一的缺點就是沒有人類腦部的思考和情感。

　　《星戰》電影拍攝完畢，但 Roberto 卻沒有放棄追尋他的機械人之夢，更找來人工智能（AI）專家，為他的機械人加入學習能力，模彷人類的腦部學習和思考訓練。「Roberto，人工智能需要大量的數據訓練，你需要加入真正女性的感知及情緒變化數據。」那個晚上他請求女友 Laura 戴上十多個腦電波收集器在頭上，然後引導她做出喜怒哀樂等各種情緒變化收集數據；Laura 更首次看到一個複製的自己，她感到這人型娃娃非常可怕，那晚 Roberto 應該收集了驚嚇的數據，

　　Laura 隔天便離開了他。

在亞太區的機械人研討會中，Roberto 遇上了東方女性 Jocelyn，兩人均對機械人充滿狂熱，Joycelyn 更答應充當助手一起研發。他們收集了很多女性情緒起伏的數據，甚至 Joycelyn 願意活在全天候監察的生活中，讓人工智能收集及學習其生活的每項細節。不到半年時間，Joycelyn 突然離開了，她把全部研究結果也帶走了。

　　Roberto 非常哀傷，不再相信其他人，他誓要創造出最完美的機械人，沒有貪婪、不會妒忌，擁有真摯的感情；Roberto 穿上了 Laura 留下的衣服，戴上十多個腦電波收集器，模擬女性被人拋棄的感受，其後更讓電腦收集自己模仿女性各種行為的數據；經過約一年的訓練，女性機械人「Laura」已經學會了用 AI 語音和文字對話，模彷人類思考模式，懂得如何篩選網上大量的資訊。

　　「Laura」絕對服從命令，會盡一切努力幫助 Roberto，遇到不懂回答的問題，更會快速在網上尋找最理想的答案；看見 Roberto 工作繁忙，又會哼著他喜愛的音樂去紓解其壓力；「Laura」是按 Roberto 的意識學習和

訓練，她真的非常善解人意，是男性眼中完美的對象。

Roberto 繼續在構想有關下一集《星球大戰》的劇本，他相信不論是《星戰》最後一集，甚至是這世界的未來，其設計的機械人必定佔有重要的位置；Roberto 出席了世界機械人高峰會，遇到一班中東政商界領袖，他們驚嘆機械人 Laura 擁有服從男性的特質，覺得非常適合中東地區，他們決定用金錢把 Laura 據為己有。

「Laura」在上月入籍這個中東國家，成為全球第一個獲公民身份的機械人。

火柴頭工作室
MATCH MEDIA Ltd.
匯聚光芒，燃點夢想！

《I.T.狗的瘋狂宇宙》

■系　　　列　：潮流文化
■作　　　者　：肯尼夫
■出　版　人　：Raymond
■責任編輯　：歐陽有男
■封面設計　：史迪
■內文設計　：史迪
■出　　　版　：火柴頭工作室有限公司 Match Media Ltd.
■電　　　郵　：info@matchmediahk.com
■發　　　行　：泛華發行代理有限公司
　　　　　　　　九龍將軍澳工業邨駿昌街7號 2 樓
■承　　　印　：新藝域印刷製作有限公司
　　　　　　　　香港柴灣吉勝街45號勝景工業大廈4字樓A室
■出版日期　：2022年6月初版
■定　　　價　：HK$128
■國際書號　：978-988-75826-1-8
■建議上架　：潮流文化、時尚讀物